LES TROUBADOURS

ET

LES FÉLIBRES

DU MIDI

SCEAUX. — IMPRIMERIE CHARAIRE ET FILS.

LES TROUBADOURS

ET

LES FÉLIBRES

DU MIDI

PAR

JULES ARNOUX

AGRÉGÉ DES LETTRES, INSPECTEUR D'ACADÉMIE DU VAR.

PARIS

CEDALGE JEUNE, LIBRAIRE-ÉDITEUR

75, RUE DES SAINTS-PÈRES, 75

—

1889

LES TROUBADOURS

ET LES

FÉLIBRES DU MIDI

———

AVANT-PROPOS

———

L'on a dit justement que la poésie est nécessaire à l'éducation de la jeunesse. La France d'autrefois fut fertile en poètes, celle des temps modernes l'a été encore plus, et notre XIXe siècle a vu le plus bel épanouissement d'œuvres lyriques. Mais, au milieu de tant de richesses, il a fallu choisir.

Voilà pourquoi les troubadours du moyen âge, qui ont parlé la langue romane accessible aux seuls érudits, et les félibres d'aujourd'hui, compris à peine de tous les Provençaux, ont été oubliés ou sont insuffisamment connus

Je suis le premier à dire bien haut que la lecture de nos

classiques français doit être la nourriture quotidienne de nos élèves et la constante préoccupation de ceux qui ont pour mission de les instruire et d'en faire des citoyens.

Mais, pour cela, est-il besoin de méconnaître que la poésie du midi de la France est une partie de notre patrimoine littéraire? Et nos enfants sont-ils condamnés à ignorer jusqu'à son existence? Il est bon, au contraire, que nous leur en parlions, sans qu'on nous accuse de ressusciter les querelles oubliées du Midi contre le Nord et de porter atteinte à l'unité, désormais indestructible, de la patrie française.

L'on a publié maints recueils des meilleurs morceaux des anciens trouvères. Pourquoi n'offririons-nous pas à nos élèves quelques-unes des plus belles inspirations des troubadours d'autrefois et des félibres contemporains, sous la forme d'un petit livre d'aspect agréable, facile à lire, dépouillé de toute prétention érudite, avec des extraits choisis et traduits à leur intention[1]?

1. J'ai mis à profit les travaux de Raynouard, Fauriel, Villemain, et d'autres dont on lira les noms à la bibliographie. J'ai modifié dans les détails la traduction de ces auteurs et celle des félibres; j'ai traduit directement plusieurs morceaux. J'ajoute, pour prévenir toute équivoque sur l'indépendance de mes jugements à propos des contemporains, que je suis Provençal, non félibre.

Et si ce modeste ouvrage portait avec lui un rayon de
ce Midi si brillant à la fin du xII[e] siècle, si français aujour-
d'hui dans sa gracieuse renaissance, nous serions lar-
gement payé de notre peine. Car nos élèves sauraient, pour
y avoir goûté, quelle moisson de poésie a produite cette
région ensoleillée : ils l'en aimeraient davantage et ils en
aimeraient mieux la France.

INTRODUCTION HISTORIQUE

Il nous paraît nécessaire, avant d'aborder l'étude de la poésie méridionale, de résumer à grands traits, et comme dans un tableau, l'histoire de la Provence et du Comté de Toulouse. Les événements politiques ont toujours leur contre-coup sur la littérature, et, dans le sujet qui nous occupe, la connaissance de la guerre des Albigeois est indispensable pour expliquer la ruine de la poésie des troubadours.

I

LA PROVENCE.

Vers l'an 600 avant Jésus-Christ, sous Tarquin l'Ancien, une colonie de Phocéens vint fonder Marseille; de bonne heure elle fit alliance avec les Romains; en 154, elle les appela à son secours contre les Ligures; ils en profitèrent pour s'établir en Gaule et fonder Aix. Peu après, Marius écrasa les Teutons (102) près de cette ville. Marseille fut de tout temps à la tête de la civilisation provençale et elle n'oublia point, dans les âges barbares, son origine grecque.

C'est vers l'an 250 après Jésus-Christ que le christianisme s'établit dans le Midi avec Trophime, Paul et Saturnin. En 405, l'abbaye de Lérins, en face de Cannes, fut fondée par saint Honorat.

Pendant les invasions des barbares, la Provence fut conquise par Enric, roi des Wisigoths, puis par les Bourguignons (413) et fut enfin livrée aux Francs. A la fin du VIIe siècle, elle demeura presque indépendante, mais Charles-Martel la replaça sous le joug des Austrasiens.

En 843, le traité de Verdun, qui consacra la division de l'empire Carlovingien, la fit entrer dans le royaume de Lothaire avec la Lorraine, l'Italie et la Bourgogne. En 855, le royaume de Provence avait été créé pour Charles le Chauve ; celui-ci voulut ensuite (863) le rattacher à la France ; mais son neveu *Boson* (879) l'enleva à son beau-frère, Louis II le Bègue, avec le reste de la Bourgogne cisjurane (879-933).

C'est en 933 que fut fondé pour un siècle le royaume d'Arles ou des Deux Bourgognes par Hugues de Provence qui céda la Bourgogne cisjurane, à Rodolphe II, déjà roi de la Bourgogne transjurane. Rodolphe eut pour successeur Boson II, appelé comte d'Arles et considéré comme fondateur de la dynastie des Bosons. L'un de ses fils, Guillaume, vainquit les Sarrasins (972) et rasa leur château du Fraixinet [1].

1. La Garde-Freinet (Var).

En 1033, Rodolphe III céda ses droits sur la Provence à Conrad III, empereur d'Allemagne. Dès lors, le royaume d'Arles fut divisé en une foule de seigneuries qui ne laissaient à l'empereur qu'une souveraineté nominale. Au milieu de l'anarchie féodale, les Comtes ou Gouverneurs de Provence devinrent héréditaires (1063).

Un événement important eut lieu en 1112. Doulce, fille de Gilbert, comte d'Arles, épousa Raymond Bérenger IV, comte de Barcelone, qui devint *Bérenger Ier* de Provence (1112-1144) et fonda la dynastie des Bérengers. Son fils vainquit la puissante maison des Baux (1161). En 1209, Pierre d'Aragon, à cause du jeune âge de Bérenger III, se fit reconnaître haut administrateur du Comté. Les Bérengers gouvernèrent cette contrée jusqu'en 1245, époque où Béatrix, la fille du dernier comte, épousa *Charles, comte d'Anjou*.

Dès lors, les destinées de la Provence furent liées à celles du royaume de Naples (1265-1386). Dans la deuxième maison d'Anjou, il faut citer le bon roi René dont le nom est resté populaire. Le dernier comte de Provence, Charles IV, réunit par son testament ce pays à la France (1481).

II

LE COMTÉ DE TOULOUSE.

Bien qu'il ait été mêlé à l'histoire de la Provence par la possession du marquisat de Provence ou Comtat Venaissin, il doit être étudié à part dans les grandes lignes de son histoire.

Au v⁰ siècle après Jésus-Christ, Toulouse fut la capitale du royaume des Visigoths (419-507), qui avaient dans cette ville et à Bordeaux une cour brillante.

La défaite d'Alaric II à Vouillé (507) la fit passer sous la domination des Francs que commandait Clovis.

Pendant les vii⁰ et viii⁰ siècles, elle eut des souverains indépendants appelés ducs d'Aquitaine. En 768, elle fut conquise par Pépin le Bref.

Le Comté de Toulouse, créé par Charlemagne, fut, du

ixe au xiiie siècle, un des plus grands fiefs de la couronne.
La famille des *Raymond* administra pendant plusieurs
siècles cette province riche et polie. Raymond Ier mourut
en 865. Raymond II régna de 919 à 923. Raymond III battit
les Hongrois en 924 et poussa ses conquêtes jusqu'aux
Pyrénées; il mourut en 950. A Guillaume IV succéda
(1088-1105) Raymond IV, dit de Saint-Gilles, qui fut un des
chefs de la première croisade, refusa le trône de Jérusalem
après Godefroi de Bouillon et mourut en Syrie. Alphonse
Jourdain (1112-1148), ainsi appelé parce qu'il fut baptisé
dans le fleuve de ce nom, prit part, après un règne glorieux, à la 2e croisade et mourut à Acre. Raymond V
(1148-1194) vainquit Henri II, roi d'Angleterre, et
Alphonse II, roi d'Aragon; il fut ami des lettres et protégea les troubadours.

Avec Raymond VI (1194-1222) [1] commencent les mal-
heurs de la dynastie et les guerres religieuses. Dès le
début du xie siècle, différentes sectes d'hérétiques avaient

---

1. Rois de France de cette période :

Philippe-Auguste (1180-1223) ;
Louis VIII (— 1226);
Saint Louis (— 1270).

fait de rapides progrès dans les provinces méridionales. Les principales étaient les Vaudois et les Cathares (ou parfaits); elles admettaient un culte simple, les deux principes du Bien et du Mal (comme les Manichéens), repoussant la domination de l'Église établie et de la papauté, et réprouvant l'usage de la violence dans la pratique de la religion. « La civilisation supérieure du Midi, son extrême liberté d'esprit et de mœurs, sa culture intellectuelle, lui rendaient insupportable le despotisme religieux du pape [1], et, en général, toute prétention d'imposer des croyances par la force... L'hostilité contre les clercs avait précédé et facilité les succès de l'hérésie [2]. »

Toulouse fut bientôt la capitale du nouveau manichéisme. Raymond VI se montrait bienveillant pour les adeptes de la secte et partageait même, disait-on, leurs croyances. Pourquoi les hérétiques furent-ils appelés *Albigeois*? Un historien a dit ingénieusement en parlant du Languedoc : « Cette terre passionnée qui porte la trace de tant de révolutions a été longtemps le vrai mélange

1. Dès le xi⁰ siècle, les troubadours l'attaquaient violemment dans leurs poésies satiriques.

2. Henri Martin, *Histoire de France*, IV.

des peuples, la vraie Babel. Le Languedoc, placé au coude
du Midi, de la grande route d'Espagne, de France et
d'Italie, présente au moyen âge une singulière fusion de
sang ibérien, gothique et romain, sarrasin et gothique ..
Il a été souvent froissé dans la lutte des croyances et des
races. Là devait avoir lieu, légitimement, le grand combat.
Quelles croyances? On pourrait dire toutes. Ceux même
qui les combattirent ne surent rien distinguer et ne
trouvèrent d'autres moyens de désigner ces fils de la confusion que par le nom d'une ville : *Albigeois* [1]. »

Le terrible pape Innocent III prépara pendant dix ans
l'orage sanglant qui devait dévaster les pays provençaux.
Le Midi, trop divisé, ne pouvait triompher dans sa lutte
contre Rome et la France du Nord. Dès l'année 1198, Innocent III délégua dans les diocèses suspects deux moines de
Cîteaux chargés d'extirper l'hérésie; puis il envoya un
homme implacable, Arnaud Amauri, qui fit élire (1206)
évêque de Toulouse Folquet de Marseille, troubadour con-
verti, prélat fanatique et perfide, en qui s'incarna, dans
ces temps sombres, le génie de la dévastation. Il allait être
aidé dans sa tâche par saint Dominique, l'homme de

1. Michelet, *Notre France.*

l'Inquisition. Le meurtre de Pierre de Castelnau, légat du pape, fit éclater la guerre (1208). La croisade fut prêchée contre les Albigeois, et une armée nombreuse marcha contre les hérétiques. Le comte Raymond, indécis et faible, s'unit lâchement à ceux qui venaient ravager ses domaines. Les croisés débutèrent par la prise de Béziers dont ils massacrèrent sans pitié les habitants (22 juillet 1209). Ils prirent ensuite Carcassonne, Montréal, Castres : à ce moment, le chef de la croisade fut Simon de Montfort. Raymond, après avoir passé par des alternatives humiliantes, se révolta enfin et se mit à la tête de ses sujets pour combattre l'invasion. La défaite des Musulmans à Navas-de-Tolosa (1212) permit au vaillant Pierre d'Aragon de secourir ses alliés opprimés; mais il fut vaincu avec eux à la bataille de Muret dans laquelle il perdit la vie (1213). Les croisés entrèrent à Toulouse. Tout le Midi, sauf la Provence proprement dite, était écrasé et noyé dans le sang.

Le Concile de Latran (1215) organisa l'Inquisition qui acheva une partie de ceux que la guerre avait épargnés. Raymond fut dépouillé de ses biens (sauf le marquisat de Provence) au profit de Simon de Montfort. Cependant il put rentrer dans Toulouse deux ans après et reprendre la lutte. Simon fut tué devant cette ville (1218) et eut pour successeur son fils Amaury. La guerre continua sous Raymond VII (1222-49), avec des alternatives de succès et de revers; en 1229, celui-ci conclut avec Blanche de Castille, régente, le désastreux traité de Meaux qui achevait la ruine et le démembrement du Midi : le comté de Toulouse était assuré, sinon à la couronne, du moins à la famille royale; le Languedoc était livré à la tyrannie catholique et aux vengeances de l'Inquisition. Cela dura jusqu'en 1249.

Jeanne, la fille de Raymond VII, le dernier des comtes de Toulouse, épousa Alphonse de Poitiers, frère du roi saint Louis (1250); enfin le comté de Toulouse fut annexé à la France en 1271.

PREMIÈRE PARTIE

———————

LES TROUBADOURS

(DU XIᵉ A LA FIN DU XIIIᶜ SIÈCLE)

CHAPITRE I

LA LANGUE ET LA CIVILISATION PROVENÇALES

Fauriel place entre les années 1090 et 1300 l'épanouissement et la ruine de la littérature méridionale. « Une
langue est une civilisation[1] », et les origines de l'une
expliquent celles de l'autre; or, ces sortes d'origines n'ont
été mises en lumière qu'au début de notre siècle. Après
la lamentable guerre des Albigeois, la littérature provençale tomba dans le plus profond oubli, pendant cinq siècles
environ, jusqu'au jour où Raynouard[2] publia (1816) un
choix de poésies originales des troubadours. Ce fut une
sorte de révélation, et les troubadours furent vengés de
l'injuste abandon dans lequel ils avaient été laissés si

1. Villemain.
2. Poète et érudit, né à Brignoles (Var) (1761-1836). Fauriel mourut
en 1844; son *Histoire de la littérature provençale* fut publiée deux ans après.

longtemps. D'autre part, les études de linguistique prirent un essor extraordinaire; en remontant aux origines de la langue française, on découvrit les lois qui avaient présidé à sa formation, et l'idiome roman ou provençal devint l'objet de savantes recherches et de découvertes inattendues.

Voici les points principaux qu'il convient de mettre en lumière. Avec les Romains, la langue latine pénétra en Gaule vers 154 avant Jésus-Christ, mais ce fut la langue populaire, c'est-à-dire celle des soldats, qui eut une influence décisive et qui devint chez nous, vers le v⁰ siècle après Jésus-Christ, la langue romane. Dès 659, nous en avons des indices dans les monuments écrits; plus tard les Capitulaires de Charlemagne, les Conciles de Tours et de Reims (813) ordonnèrent aux évêques de prêcher en roman. Mais le texte le plus sûr et le plus important est celui du serment prononcé à Strasbourg en 842 : *Pro Deo amur et pro christian poblo et nostro commun salvament*, etc [1].

L'idiome roman forma en dehors de la Gaule les langues

1. Pour l'amour de Dieu et pour le commun salut du peuple chrétien et le nôtre, etc.

dites néo-latines : l'italien, l'espagnol, le portugais. En Gaule, il donna naissance à deux dialectes : la *langue d'oïl* ou du Nord, qui est devenue le français, et la *langue d'oc*, ou le provençal. « Dans un temps où les influences du sol, du climat et de la race prédominaient, rien d'étonnant que le Midi, indépendant du Nord et si différent, ait eu sa langue et sa littérature à part. Contrée intermédiaire, tenant à la fois de la Gaule, de l'Espagne et de l'Italie, il exprima dans un idiome sonore et coloré l'originalité de ses mœurs et de son esprit, la beauté de son ciel, son existence autonome, et par l'éclat d'une poésie indigène rayonna sur les pays voisins, échauffa la lenteur française, donna l'éveil à l'imagination des Italiens et des Espagnols, propagea l'art et la gloire de bien dire dans les deux péninsules où, depuis le silence des muses antiques, aucun poète n'avait encore paru. Si l'on tire une ligne de la Rochelle à Grenoble, on aura tracé à peu près la démarcation de la langue d'oc et de la langue d'oïl et fixé leurs frontières [1]... »

Il y avait donc séparation absolue entre le Nord et le Midi, et, malgré une filiation commune, les deux langues se traitaient d'étrangères. Le provençal se perfectionna

1. Aubertin.

plus vite que le français, et il « s'éleva rapidement, dans les poésies des troubadours, à un degré d'élégance savante dont la langue d'oïl était alors fort éloignée[1]. »

Le tableau de la civilisation méridionale a été tracé d'une main magistrale par Villemain : « Depuis la fin du IXe siècle, à côté de cette France du Nord, si ravagée, si désolée par les invasions et le mauvais gouvernement, par les guerres intestines et la rapacité des seigneurs, une France du Midi avait reçu des lois plus douces et une vie meilleure. La fondation du petit royaume d'Arles, qui fut ensuite remplacé par le comté de Provence, divisé plus tard en comté de Barcelone et en comté de Toulouse; le gouvernement de plusieurs petits princes qui passèrent obscurs, heureusement pour leurs sujets; l'union de la princesse *Doulce* avec le comte de Barcelone; l'influence des Espagnols qui, à cette époque-là, étaient fort avancés en civilisation, et avaient beaucoup emprunté du génie brillant et de la galanterie chevaleresque des Mores : toutes ces causes firent fleurir dans la Provence les arts et la *gaye science*. Figurez-vous que la vie féodale, singulièrement adoucie dans ce pays, offrait plus rarement qu'ail-

1. Aubertin.

leurs des guerres intestines, que le comte de Provence et de Barcelone tenait une cour élégante où se réunissaient une foule de gentilshommes du pays, dont la vie se passait tout entière à chasser au faucon, à faire des vers, à les chanter, à les offrir... »

Les poètes de la langue d'oïl furent appelés *trouvères*, ceux du Midi *troubadours*[1]. Les troubadours appartenaient à toutes les classes de la société, aux plus élevées comme aux plus humbles. On compte parmi eux des princes et des rois : Guillaume, duc d'Aquitaine, Frédéric Barberousse et Richard Cœur de Lion.

« Blacas était de Provence, noble, riche et haut baron. Il aima la galanterie, la guerre, la dépense et les cours, le bruit, le tumulte et les chants, les divertissements et toutes les choses au moyen desquelles un honnête homme acquiert de l'estime et de la réputation. Jamais homme n'éprouva autant de plaisir à recevoir qu'il n'en avait à donner. Ce fut lui qui entretint les gens au dépourvu et qui protégea les abandonnés. Plus il alla, plus il devint libéral, courtois et vaillant, plus il acquit de terres, de revenus et d'honneurs ; plus il fut aimé de ses amis et redouté de ses

---

1. Ces deux mots signifient : celui qui trouve, inventeur.

ennemis; son esprit, son savoir, sa gaillardise et sa galanterie allèrent toujours en croissant[1]. »

En voici un autre qui, au contraire, sortait des derniers
rangs de la société :

« Giraud de Borneil était du Limousin, d'un riche château du vicomte de Limoges, dans le territoire d'Exci-
deuil. C'était un homme de basse extraction, mais un let-
tré fort savant et de beaucoup d'esprit naturel. Il fut le
meilleur troubadour qu'il y ait jamais eu avant ou après
lui ; aussi, fut-il appelé le maître des troubadours, comme
l'appellent encore tous ceux qui entendent les mots subtils
et les belles maximes de raison et d'amour. Il était fort
honoré par les hommes de mérite, par les connaisseurs
et par les dames qui comprenaient les sentences magis-
trales qu'il mettait dans ses chansons. Sa vie était arran-
gée de manière que tout l'hiver il restait à l'école pour
étudier, et tout l'été il allait par les cours, menant avec
lui deux chanteurs qui disaient ses chansons. Il ne voulut
jamais se marier, et tout ce qu'il gagnait il le donnait à
ses parents pauvres, ou à l'église de sa ville natale, église

---

1. Vies des Troubadours.

qui s'appelait et qui s'appelle encore Saint-Gervais[1]. »

Le troubadour, musicien à la fois et poète, allait de

Le troubadour allait de château en château...

château en château chanter ses vers en s'accompagnant d'un instrument de musique, la viole ou la harpe. Il menait

1. Vies des Troubadours.

à sa suite un ou deux jongleurs qui parfois chantaient, à sa place, ou récitaient des histoires de chevalerie, ou même faisaient des tours pour amuser l'auditoire. Ils étaient de condition inférieure, mais pouvaient s'élever par leur talent au rang de troubadour. Cette existence agréable, mais monotone et presque exclusivement consacrée à la galanterie et aux fêtes, trouvait un intérêt imprévu dans la guerre, dans les amusements violents et parfois licencieux, dans la satire vigoureuse des plus hauts barons et du clergé méridional. Cependant, au milieu de cette civilisation raffinée, nous relevons des traits de barbarie qui nous rappellent le vrai moyen âge.

Le seigneur Raymond de Castel-Roussillon, jaloux de Guillem de Cabestan, « bon trouveur, estimé en fait d'armes et de courtoisie, lui coupa la tête en trahison, et après lui avoir ôté le cœur il le mit dans un carnier avec la tête ».

Il fit manger ce cœur à sa femme et, montrant la tête de la victime, lui demanda, à la fin du repas, si elle l'avait trouvé bon.

« La dame connut la tête de Guillem et lui dit que le cœur lui avait paru bon et savoureux... Le mari lui courut dessus avec l'épée; la dame eut peur, s'enfuit au balcon, se laissa choir en bas et fut morte. »

Il faut ajouter toutefois qu'elle fut vengée par Alphonse, roi d'Aragon, qui dépouilla le meurtrier et le laissa mourir dans un cachot

CHAPITRE II

LA POÉSIE DES TROUBADOURS.

« Considérée dans ce qu'elle a de plus original et de plus brillant, la poésie des troubadours pourrait se définir l'expression des idées, des sentiments et des actions chevaleresques [1]. » En effet, la chevalerie et la poésie provençales sont intimement liées et poursuivent le même idéal : défendre, d'après les principes du christianisme, la veuve, l'orphelin, le faible et l'Église. La chevalerie était comme la noblesse des armes et elle enseignait de hautes vertus : le respect de la femme, la loyauté, la courtoisie, la bravoure, le sentiment de l'honneur et la dignité personnelle. L'amour était une espèce de culte, c'était le mobile de toutes les actions généreuses et le sujet préféré des poètes.

1. Fauriel.

Dans leurs satires, ils signalaient les infractions aux lois
de la chevalerie et les vices du clergé; ils célébraient
aussi les guerres contre les musulmans d'Afrique et d'Espagne et, en général, le courage déployé dans les combats.

Cette poésie est avant tout lyrique; elle n'est point
populaire et n'est comprise que des délicats. L'inspiration
en est chrétienne; elle est originale et n'emprunte rien à
l'antiquité classique. « L'amour printanier, poétique, chevaleresque et subtil, tel est le thème varié de mille manières
par ces imaginations mélodieuses. Ce qui peut sembler
frivole aujourd'hui avait son importance alors. Ce n'était
pas, certes, une œuvre inutile que d'apaiser les cœurs,
d'adoucir et de purifier les passions dans un monde où la
violence tenait tant de place. Les services rendus par la
chevalerie à l'irrégulière société du moyen âge ne lui
appartiennent pas à elle seule : la poésie romane peut en
revendiquer sa part. La poésie romane, préparée par des
transformations antérieures, parvenue à la perfection au
temps de Bertrand de Born et d'Arnaud Daniel, a été, pendant le XIIe et le XIIIe siècle, le véritable chœur de la chevalerie européenne. A cette suave musique, tout semblait
s'ordonner avec grâce. Les dogmes de cette religion

mondaine étaient proclamés dans la plus douce des langues, et l'idéal qu'elle faisait si délicatement apparaître élevait les âmes au-dessus des mœurs brutales de l'époque[1]. »

Les troubadours ont manié habilement la langue provençale et en ont fait un idiome très raffiné, capable d'exprimer les plus subtiles nuances de la pensée et du sentiment. Ils ont donné à la rime toute son importance, et ont agencé les strophes et les rhytmes avec une harmonie et une variété incomparables. Sous ce rapport, ils sont sans rivaux[2].

Que leur a-t-il manqué? On pourrait répondre d'un seul mot : le génie. Ils n'ont pas produit, comme le Dante par exemple, d'œuvre maîtresse. Les talents et les œuvres se succèdent avec une certaine monotonie dans les idées, le tour et les images. Cette poésie est arrivée, comme du premier coup, à une perfection relative dans la langue et les procédés, mais elle n'a pas marqué de progrès sensible dans son développement, et l'on peut dire qu'elle n'a été

1. Saint-René Taillandier.

2. « Le mécanisme de la versification provençale surpasse en raffinements et en difficultés celui de toutes les poésies de l'Europe moderne. » (Fauriel.)

le plus souvent qu'un gentil gazouillement d'oiseaux. En dépit des morceaux les plus brillants, elle n'a pas de ces accents imprévus qui sont le cri même du cœur humain, ni de ces fières pensées que les générations se transmettent comme un héritage de famille, ni enfin de ces vues profondes qui marquent et en quelque façon illuminent les grandes époques. Sa décadence eût été sans doute précoce, si l'ouragan de la guerre albigeoise n'était venu la supprimer en sa fleur, et préparer à la postérité les regrets mélancoliques pour ce qui meurt avant le temps.

Néanmoins, il faut le dire, les troubadours eurent des disciples nombreux en Espagne, en Portugal, en Italie et en Allemagne. Dante et Pétrarque furent en quelque sorte leurs élèves ; et un célèbre historien allemand, Gervinus, a pu tracer d'eux ce bel éloge :

« Les Provençaux ont été pour l'Europe ce que furent les Grecs pour le monde antique ; race ingénieuse et vive, ils ont imprimé leur marque à toute la littérature européenne ; ils ont inventé des formes de vers dont ils ont fixé les noms ; ils sont les parrains de l'art moderne. »

CHAPITRE III

Les Vies des troubadours, ouvrage composé au
XIII° siècle, donnent les noms de 66 poètes, dont 8 originaires de la Provence proprement dite.

M. Raynouard cite plus de 35o noms.

Dante mettait au premier rang Bertrand de Born pour
les chants de guerre et Arnaud Daniel pour les pièces
amoureuses. Les Provençaux donnaient la palme à Giraud
de Borneil.

Il faut choisir et se limiter, sous peine de laisser au
lecteur une impression confuse et par là même inexacte.

ARNAUD DANIEL était un gentilhomme de Périgord; il
excellait « à trouver des rimes riches »; les morceaux qui
nous restent de lui sont d'une intelligence difficile, et l'on
s'explique avec peine les causes de son étonnante célébrité.

ARNAUD DE MARUEIL, d'origine obscure, « chantait bien et lisait bien les romans » ; son style était abondant et gracieux.

BERNARD DE VENTADOUR, fils d'un fournier au château de ce nom, composa un grand nombre de pièces agréables.

BERTRAND DE BORN (1175-1200), que Villemain a appelé « le Tyrtée du moyen âge », était vicomte d'Hautefort ; il eut une existence agitée et fut un rude batailleur.

Après avoir lutté longtemps contre son frère Constantin et contre Richard, roi d'Angleterre, il mourut sous l'habit religieux.

Il nous paraît mériter le premier rang dans cette pléiade de poètes par la grâce et la force du style, la science de l'harmonie et l'originalité de la pensée.

Une de ses odes les plus connues est celle-ci :

« Bien me plaît le doux printemps qui fait venir feuilles et fleurs. Il me plaît d'écouter la joie des oiseaux qui font de leurs chants retentir le bocage. Il me plaît de voir sur la prairie les tentes et les pavillons plantés ; et il me plaît jusqu'au fond du cœur de voir, rangés dans la campagne, les cavaliers avec les chevaux tout armés.

« J'aime quand les coureurs font fuir les gens qui emportent leur avoir ; j'aime quand je vois à leur suite beaucoup d'hommes d'armes bruire ensemble ; et j'ai grande allégresse quand je vois les châteaux forts assiégés et les murs croulants et déracinés, et que je vois l'armée couvrant le rivage tout à l'entour clos de fossés, avec des palissades garnies de pieux solides

« Me plaît aussi ce hardi seigneur, le premier à l'attaque avec un cheval armé et sans crainte, car il donne aux siens l'audace par sa vaillante prouesse. Et quand il revient au camp, chacun doit s'enhardir et le suivre de bon cœur ; car nul homme n'est estimé à quelque valeur tant qu'il n'a pas reçu et donné maints coups. Nous verrons, dès l'entrée du combat, les lances et les épées briser et dégarnir les casques de couleur et les épées, et maints vassaux frapper ensemble, et fuir à rage les chevaux des morts et des blessés. Et quand la mêlée sera complète, que tout homme de haut parage ne pense qu'à couper têtes et bras ! car mieux vaut un mort qu'un vivant vaincu

« Je vous le dis : le manger, le boire, le dormir n'ont

pas tant de saveur pour moi que d'ouïr crier les deux armées : *A eux!* et d'entendre hennir les chevaux démontés dans les bois, et d'entendre crier : *A l'aide! à l'aide!* et de voir tomber dans les fossés petits et grands sur l'herbe, et de voir les morts qui dans leurs flancs ont les tronçons outrepassés.

« Barons, mettez en gage châteaux, villages et cités, avant que personne ne guerroie contre vous.

« Et toi, Papiol[1], cours rapidement vers *Oui et Non*[2]; dis-lui qu'ils demeurent trop longtemps en paix. »

De tels accents rappellent la mâle vigueur du vieil Eschyle qui, lui aussi, fut poète et soldat; mais l'Athénien chantait les luttes héroïques de l'indépendance grecque, tandis que le seigneur limousin ne puisait son inspiration que dans les rivalités des barons féodaux, sans s'élever encore à l'idée de patrie.

GAUCELM FAIDIT, fils d'un bourgeois, près de Limoges, « chantait plus mal qu'homme du monde, mais il faisait

1. Le jongleur sans doute.

2. Le poète désigne ainsi Richard Cœur de Lion qui hésitait parfois à faire la guerre.

beaucoup de beaux airs et de bonnes chansons. Il se fit
jongleur par occasion, après avoir perdu tout ce qu'il pos-
sédait au jeu de dés. » Il célébra Marie de Ventadour.

Giraud de Borneil jouit d'une grande réputation; nous
en avons parlé plus haut.

Marcabrus « fut exposé à la porte d'un homme riche,
et jamais on ne sut qui il était ni d'où il venait... Dans ce
temps-là, on ne se servait pas du terme de chanson, mais
tout ce qu'on chantait était des vers.. » Il fut redouté pour
« sa médisance ».

Pierre Cardinal était du Puy en Velay. « Il trouva
beaucoup de beaux sujets et de beaux chants... Il fit beaucoup de sirventes [1]... Il y exposait beaucoup de belles sentences et de beaux exemples pour qui sait les entendre,
car il y châtiait rudement les folies de ce monde; il
reprenait vertement les mauvais clercs. »

Guillaume IX, comte de Poitiers et duc d'Aquitaine
(1088-1126), fut célèbre par ses poésies et fameux par ses

1. L'on verra plus loin l'explication de ce mot.

débauches. Après avoir célébré la croisade, il fut un des rares troubadours qui partirent pour la Palestine

RAYMOND DE MIRAVAL, pauvre cavalier du Carcassez, fut en faveur auprès du comte de Toulouse et eut maintes aventures dont le récit est piquant chez le vieux narrateur.

RICHARD CŒUR DE LION, roi d'Angleterre (1157-1199), au milieu des agitations de sa vie, cultiva avec succès la poésie lyrique.

GEOFFROI RUDEL, prince de Blaye, devint amoureux de la princesse de Tripoli sans la connaître; il s'embarqua pour paraître devant elle, et tomba malade pendant la traversée; il mourut à Tripoli en la voyant. L'aventure, si romanesque qu'elle soit, ne paraissait pas invraisemblable aux contemporains.

PIERRE VIDAL, fils d'un pélissier de Toulouse (mort vers 1200), « aimait fort à dire du mal d'autrui. Ce fut un des hommes les plus fous qui aient jamais existé... Il s'affligea beaucoup de la mort du bon comte de Toulouse... » Son existence fut assez agitée et il voyagea dans beaucoup de contrées. Il a fait l'éloge de la Provence, sans doute en souvenir de l'hospitalité qu'il avait reçue chez Hugues des Baux :

« Avec l'haleine j'aspire l'air que je sens venir de la Provence. Tout ce qui est de ce pays me plaît, et, quand j'en entends dire du bien, je l'écoute en souriant; pour un mot, j'en demande cent, tant je suis heureux d'en entendre l'éloge.

« Du Rhône jusqu'à Vence, entre la Durance et la mer, quel homme connaît une demeure aussi douce à habiter? Dans quel lieu se signale une joie aussi fine? C'est pourquoi j'ai laissé volontiers mon cœur chez cette nation loyale qui fait joyeux ceux qui sont tristes.

« L'on ne saurait condamner le jour où je rappelle son souvenir, car chez elle naît et commence la joie; et quiconque proclame ses louanges ne peut mentir, quelque bien qu'il en dise...

« Et si je sais dire ou faire quelque chose, que le mérite lui en revienne; car elle m'a donné la science, et par elle j'ai pu connaître le gai savoir et le chant. »

Nous arrivons maintenant aux poètes originaires de la Provence

Il en est un certain nombre dont il suffira de citer les noms : *Blacas* (dont nous avons déjà parlé), *Boniface de Castellane, Guillem d'Agout* (1230), *Ancelme de Moustier* (d'Avignon), *Reforsat de Forcalquier*, la *Comtesse de Die, Ebles de Signes, Guillaume Boyer*, de Nice (1290)[1], *Guillaume des Baux*, prince d'Orange, *Raymond Bérenger V*, comte de Provence, et le *Monge des Iles d'Or*.

Na Tibor (la dame Tiberge) « était une dame de Provence, d'un château qui se nomme Sarrenom[2] et qui appartient à En[3] Blacas; elle était courtoise, bien élevée, avenante, très savante et habile à trouver;... elle fut fort honorée par tous les bons hommes de cette contrée, très redoutée et très obéie de toutes les dames. » Il ne reste d'elle qu'un fragment de sept vers.

Folquet de Marseille (1160-1231) « acquit des talents, se mit au service des hommes puissants et brigua auprès d'eux en allant de l'un chez l'autre ».

1. Nostredame assure qu'il composa un traité sur les bains de Digne et d'Aix.

2. Sans doute Séranon.

3. On mettait la particule *Na* devant les noms de femme et *En* devant les noms d'homme.

La mort d'Alazaïs, femme de En Barral, seigneur de Marseille, la perte de ses protecteurs, le comte de Toulouse et Alphonse, roi d'Aragon, lui causèrent une telle douleur qu'il entra dans l'ordre de Cîteaux (1196). « Il fut fait abbé d'une riche abbaye de Provence qu'on appelle le Thorondet[1], ensuite il fut nommé évêque de Toulouse (1205), et ce fut là qu'il termina ses jours. »

Poète médiocre, Folquet s'est recommandé à l'exécration de la postérité par la cruauté perfide avec laquelle il traita les Albigeois et la ville de Toulouse.

Gui de Cavaillon, « homme libéral et courtois, cavalier avenant... et brave guerrier, fit de bonnes tensons et de bons couplets d'amour et de fantaisie ».

Cadenet, « fils d'un pauvre cavalier du château de Cadenet, fut emmené dans le Toulousain à la suite d'une guerre, et il devint bon, beau et courtois ».

Puis il se fit jongleur et « alla longtemps par le monde, à pied comme un malheureux ». Il composa « de belles chansons » et fut protégé par Blacas.

---

1. Le Thoronet, près de Lorgues (Var). Il y a encore de belles ruines notamment une église romane.

RAMBAUD DE VAQUEIRAS, poète d'un talent gracieux,
. était fils d'un pauvre cavalier qui passait pour fou. Il
demeura chez Guillaume des Baux, puis chez le marquis
de Montferrat[1]; il partit pour la Terre Sainte lorsque
celui-ci devint le chef de la 4e croisade (1202); créé chevalier, il obtint de grandes terres dans le royaume de Salo-
nique et y mourut.

GEOFFROI DU LUC forma, vers 1325, une sorte d'Académie provençale avec plusieurs gentilshommes qui se
réunissaient à l'abbaye du Thoronet, en compagnie de
plusieurs religieux du monastère.

La plupart des biographies n'ont rien de saillant, et
c'est à grand'peine qu'on y recueille quelque détail caractéristique. Il y avait une foule de centres littéraires plus
ou moins importants selon la libéralité et la puissance
des seigneurs : Toulouse, Montpellier, Arles, Vienne,
Avignon, Marseille, Tarascon, Cavaillon, Forcalquier,
Sisteron, chez les marquis d'Aups et les princes des Baux.
On peut se figurer quelle activité intellectuelle régna dans
le Midi pendant plus de deux siècles, tandis que les trou-

1. En Piémont.

vères du Nord bégayaient encore; car la chronique en
prose de Villehardouin ne remonte qu'à 1202; la chanson
de Roland, écrite vers 1150, correspond, il est vrai, à la
première croisade; mais si les pensées en sont hautes et
fermes, la langue, encore « rauque et barbare[1] », ne
saurait être comparée au provençal qui était arrivé de
bonne heure à une élégante perfection.

1. G. Merlet.

CHAPITRE IV

. LES PRINCIPAUX GENRES

Nous nous occuperons du roman, de la poésie lyrique et de la poésie historique. Ces trois divisions sont susceptibles de comprendre les divers aspects de la littérature provençale, en dehors des ouvrages en prose dont nous n'avons pas ici à tenir compte.

§ 1. — *Les romans.*

Fauriel a développé sur ce point un système ingénieux. Laissant au second plan la poésie lyrique des troubadours, il a essayé de démontrer que l'épopée provençale, née du peuple même et se rattachant à la culture antique dont le Midi avait conservé des traditions, donna la première impulsion à la poésie moderne; les chansons qui composent le cycle de Charlemagne (Fier à Bras, Gérard de Roussillon, etc.) seraient d'invention méridionale; elles auraient précédé la fondation de la chevalerie et les premiers chants lyriques. Cette théorie a été combattue par Paulin Paris qui soutient l'origine française de ces grands poèmes, et attribue aux Trouvères le mérite d'avoir créé l'épopée, tandis que les Troubadours ont été les maîtres dans la poésie lyrique. Sans prendre absolument parti en cette querelle d'érudits, et tout en reconnaissant que Fauriel a été heureux dans les observations de détail, nous penchons vers le second système qui paraît définitif dans ses grandes lignes.

Toutefois il sera utile, pour donner une idée de l'épopée romane, de mentionner au moins deux ouvrages de longue haleine.

Le roman de *Guillaume au Court Nez* serait en partie d'origine et d'invention provençales. Les événements principaux se déroulent aux Aliscamps[1] et sous les murs d'Orange, et nous présentent un tableau animé des luttes soutenues par les chrétiens contre les Sarrasins.

1. Quartier d'Arles.

Guillaume, qui est le type du chevalier armé contre les infidèles, les a battus d'abord à Nîmes ; puis il est vaincu

Guillaume au Court-Nez et son cheval Baucen.

par eux aux environs d'Arles et assiégé dans Orange. Pressé par l'ennemi, il se réfugie à la cour du roi Louis le

4

Débonnaire pour réclamer des secours ; puis, après de nouvelles luttes, les Sarrasins sont vaincus et refoulés en Espagne.

Au milieu des longueurs ordinaires des romans de geste, il faut relever un passage curieux et touchant.

Guillaume, pressé de tous côtés par les Sarrasins, s'adresse à son cheval Baucen, suivant l'usage des preux ; le destrier est quelquefois dans les chansons de geste aussi connu que son maître : tel Bayart dans les Quatre fils Aymon.

« Baucen, fait-il, mon bon destrier, grandement êtes-vous las. Ah ! si vous aviez eu seulement quatre heures de repos, bien frapperais-je encore sur ces Sarrasins, et bravement me vengerais-je sur eux de ce que j'endure. Mais je vois que vous ne pouvez plus m'aider, et, par le Ciel ! point n'en serez-vous blâmé ; car toujours bien m'avez servi ; et peu y a-t-il eu, pour vous, d'heures où vous n'ayez été galopant, courant, talonné, éperonné. Merci, Baucen, merci de vos bons services. Ah ! si je pouvais vous reconduire à Orange, de trois mois vous ne porteriez la selle ; cinq fois le jour seriez servi de nourriture, et pour fourrage auriez bon foin de pré, bien choisi et de saison : vous ne boiriez en autre vase qu'en vase d'or et n'auriez couvertures sinon de fine soie. Mais si ces païens vous mènent en Espagne, grand sera le chagrin que j'en aurai.

« Baucen l'a écouté : il l'a compris, comme aurait fait un homme en son bon sens : il fronce les sourcils, secoue sa tête, piaffe ; il reprend haleine et vigueur comme s'il sortait de l'écurie frais et reposé.

« Quand Guillaume le voit ainsi regaillardi, il est plus joyeux que de quatorze cités, et en rend grâces à Dieu. »

Le poème de *Gérard de Roussillon* contient plus de huit mille vers. Selon l'histoire, ce Gérard, après avoir lutté longtemps contre Charles le Chauve et perdu Vienne, sa capitale, quitta la Provence pour se retirer en Bourgogne dans son château de Roussillon, où il mourut vers 879. Dans le roman, Charles le Chauve devient Charles Martel ; Gérard lutte avec acharnement contre celui-ci ; après plusieurs victoires, il finit par être accablé et réduit à fuir loin de la France. Il erre misérablement pendant vingt-deux ans avec sa femme Berthe qui est un modèle de dévoûment et de fermeté. A la fin, il reprend ses domaines et son château de Roussillon.

Il y a là un tableau naïf des mœurs féodales ; les caractères sont peu nuancés, mais tracés vigoureusement.

L'un des principaux personnages est Foulques, neveu
de Gérard. Le portrait qu'en a tracé le poète est celui du
vrai chevalier provençal au xiiᵉ siècle.

« Voulez-vous entendre les qualités de Foulques ?
Donnez-lui toutes celles du monde, ôtez-en seulement les
mauvaises, il n'y en a pas une en lui ; il est preux, courtois,
poli, doux, franc, de nobles manières et éloquent. Il connaît
les bois et les rivières, sait jouer aux échecs, aux tables
et aux dés [1] ; il n'a jamais refusé de ses richesses à personne ; tous en ont eu, les bons et les méchants.

« Il aime fortement Dieu, sachez-le bien, et depuis
qu'il est né et vit à la cour, il n'a jamais vu faire tort à
personne sans en être au moins affligé, s'il ne pouvait rien
de plus. Il aime mieux la paix que la guerre [2] ; mais quand
il sent une fois son heaume lacé, son écu au col et son épée
au flanc, il devient superbe, farouche et sans merci. Plus
est grande la foule des ennemis qui le presse, et plus il

1. Détail curieux.
2. Ce trait marque une civilisation avancée.

est fier et terrible; il ne reculerait pas alors de la longueur
de son pied; et sachez que cette guerre lui déplaît fort et
qu'il en a fait cent fois la querelle à son oncle; mais il n'a
jamais pu l'en détourner, et au besoin l'a toujours aidé
vaillamment. Il n'en sera point blâmé par moi; car faillir
à son ami c'est chose inhumaine, méprisée en toute bonne
cour. J'aimerais mieux être Foulques et doué comme lui
que seigneur de quatre royaumes. »

Les vassaux parlaient souvent à leurs chefs avec beaucoup de hardiesse et ne craignaient point de les blesser;
leurs paroles étaient rudes comme leurs caractères. En
voici un exemple frappant :

« Introduit auprès du roi, Foulques lui dit : Ne vous
laissez pas emporter; vous avez commencé la guerre,
faites-la cesser. — Vous parlez vraiment bien, répond le
roi, mais je ferai ce qui me convient. Je prendrai à Gérard
mille mas [1] de terres, j'escaladerai ses châteaux et détruirai
ses hautes tours. — Seigneur roi, il ne sert de rien de
tout menacer, dit Bec, fils de Basin. Puisque vous voulez
la guerre, vous l'aurez, et Gérard ne perdra ni four ni

1. Maison, ferme.

moulin. — Roussillon est au comte, répond Foulques ;
seulement, seigneur roi, vous avez droit à quinze jours de
chasse en été, et à quinze jours de chasse en hiver dans
la forêt de Montargout. Pendant ce temps, Gérard doit
vous défrayer, à cause des quatre châteaux qu'il a dans le
pays. Si quelqu'un trouve que je ne dis pas la vérité, voici
mon gant. — Maudit soit celui qui relèvera ce gant, s'écrie
Charles, avant que j'aie réduit Gérard à ne plus parler de
guerre. — Le véritable traître, répond Foulques, c'est
celui qui laisse sa femme et prend celle d'autrui, comme
tu l'as fait, roi mécréant, qui as pris à Gérard sa bien-
aimée. Prends garde, la guerre ne sera pas un jeu. — Sur
ma tête, dit le roi, votre menace ne vaut pas une pomme.
J'arracherai le nez ou les yeux de tous les chevaliers que
je prendrai ; je couperai le pied ou le poing de tous les
serviteurs ou marchands. — Tu veux la guerre, répond
Fouchier ; que je sois renard si je ne te rassasie ; j'escaladerai tes châteaux et j'engraisserai mes domaines avec les
tiens. — Le sang monte à la tête du roi. Il veut faire
pendre tous les messagers ; mais ses barons lui disent :
Roi, tu es mort, si tu fais en ta cour une pareille félonie.
— Eroïs de Cambray prend la parole avec tristesse : Voilà

un roi et un comte plus enragés l'un contre l'autre qu'un ours et un chien. Si nous allions combattre contre les Sarrasins, ils feraient une fin piteuse. — Tu parles mieux qu'un prédicateur de Saint-Denis, répond le roi, mais je ne quitterai les armes que lorsque j'aurai mis Gérard hors d'état de guerroyer. — Nous n'avons plus qu'à nous retirer, dit Foulques, puisque nous ne pouvons entendre aucune parole de justice et d'amour. Nous nous reverrons à Valbeton, dans les plaines où court l'eau de l'Arce. — Accepté, répond le roi; que le vaincu passe la mer en barque et ne revienne plus. »

Ce tableau de l'éloquence parlementaire des temps féodaux nous semble pris sur le vif et avoir toute l'autorité d'un document historique.

§ 2. — *La poésie lyrique.*

Elle comprenait deux branches fondamentales : la chanson et le sirvente. Toute œuvre dont l'amour n'était pas le motif était un sirvente, c'est-à-dire d'ordre subalterne [1]. Avec le temps, les troubadours imaginèrent une foule de dénominations, mais les pièces se ressemblaient quant à la forme; elles se composaient de strophes ou couplets symétriques et se chantaient sur un air inventé par le poète.

Pour mettre une certaine clarté dans cette confusion d'œuvres semblables et de noms différents, nous parlerons [2] seulement de la chanson, du planh, du tenson, du sirvente, du descort et des pièces à refrain.

La *chanson* célébrait l'amour [3]; c'était la forme lyrique par excellence. Nous n'avons certes que l'embarras du choix dans les exemples à citer; mais, comme la subtilité et la fadeur gâtent trop souvent ces sortes de pièces, il nous paraît préférable de donner la contre-partie de ces éternelles déclarations amoureuses.

Dans un moment de dépit, Rambaud de Vaqueiras écrivit l'ode suivante dont le relief nous paraît saisissant :

« Ma dame et l'amour ont beau m'avoir faussé leur

1. Le *sirvent* (servant) était l'homme de guerre non chevalier.

2. D'après Raynouard.

3. Le mot *amour* était pris dans un sens large et élevé; il constituait proprement l'ensemble des vertus chevaleresques.

parole et mis à leur ban, ne croyez pas que pour cela
j'oublie de chanter, que je laisse déchoir mon honneur,
que je renonce à aucune poursuite glorieuse, ni que je
passe les ports (pour m'expatrier), comme je fis une fois.

« Galoper, trotter, sauter, courir, braver les veilles,
les peines et les fatigues : tels seront désormais mes
passe-temps. Armé de bois, de fer, d'acier, je braverai la
chaleur et la froidure; les forêts et les sentiers seront ma
demeure; les sirventes et les descorts [1] seront mes chants
d'amour; et je maintiendrai les faibles contre les forts.

« Néanmoins ce serait un honneur pour moi de trouver
une noble dame, belle, avenante, qui ne se fît pas un
plaisir de ma souffrance, qui ne fût point volage ni crédule
aux médisants; je m'accorderais volontiers à l'aimer, s'il
lui plaisait : aimer ainsi me serait bon encore.

« Ma raison surmonte enfin la folie qui m'a possédé
tout un an, pour une infidèle de cœur bas. La gloire me
plaît tant qu'elle suffit pour me donner de la joie et
dissiper mon chagrin en dépit de l'amour, de ma dame et
de mon faible cœur : je suis affranchi de tous les trois et
j'apprendrai à noblement agir sans eux.

1. Pièces de mesures différentes.

« J'apprendrai à bien servir en guerre, parmi les
empereurs et les rois, à faire parler de ma bravoure, à
bien combattre de la lance et de l'épée. Vers Montferrat,
ou ici, vers Forcalquier, je vivrai de guerre, comme un
chef de bande. Puisqu'il ne me revient aucun bien de
l'amour, je m'en dégage, et que le tort en soit à lui. »

Le *planh*, ou complainte, déplore la mort d'une amante,
d'un ami, ou une calamité publique. Les troubadours,
avec leur exquise sensibilité, ont réussi dans ce genre et
nous ont laissé des modèles.

Sur la mort du roi Richard Cœur de Lion (1192,
Gaucelm Faidit) :

« Oh! qu'il est dur, qu'il est pénible d'avoir à retracer
dans mes chants le plus grand malheur, le chagrin le plus
sensible que j'aie jamais éprouvé! événement fatal, dont
j'aurai à gémir et à pleurer durant le reste de mes jours!
Il est mort celui qui était le chef et le père de la bravoure,
ce roi vaillant, Richard, roi des Anglais. O Dieu! quelle
perte, quel dommage! Quel mot affreux! qu'il est doulou-

reux à prononcer! Ah! celui-là est insensible qui l'entend sans verser des larmes.

« Il est mort ce roi vaillant! Non, depuis mille ans, personne n'avait vu, moi-même je n'avais vu de ma vie un prince aussi brave dans les combats, aussi noble dans les manières. Richard était libéral, hardi, courageux, bienfaisant.....

« Je m'étonne, que dans ce siècle faux et avaricieux, il se trouve encore quelque homme prudent et courtois, puisque ni les discours sages, ni les actions généreuses ne servent plus de rien. Et pourquoi ferait-on beaucoup d'efforts, pourquoi même en ferait-on un peu? la mort ne nous montre-t-elle pas aujourd'hui tout son pouvoir? Par un seul de ses coups, elle a ravi ce qu'il y avait de meilleur sur la terre, tous les biens, toutes les joies, toutes les gloires; et quand nous voyons que tant de vertus et de mérites ne garantissent pas de la mort, pourquoi la redouterions-nous pour nous-mêmes?

« Hélas! roi brave et généreux! que deviendront désormais les combats, ces tournois nombreux et brillants, ces cours magnifiques, les libéralités, les présents riches et multipliés, puisque vous leur manquez, vous qui en étiez

le chef et l'ornement? Et quelle sera surtout l'infortune
des serviteurs dévoués qui vous avaient consacré leur
fidélité et qui attendaient de vous leur juste récompense?
Quel sera le sort de ceux que vous avez élevés en puissance
et en dignité? Il ne leur reste plus qu'à mourir de douleur.

« Oui, ils auront une vie malheureuse et pire que la
mort ; une douleur éternelle les poursuivra partout. Et ces
païens, ces Sarrasins, ces Turcs, ces Persans qui vous
redoutaient plus qu'homme qui eût jamais paru sur la
terre, accroîtront à la fois leur insolence et leur pouvoir.
La délivrance du Saint-Sépulcre devient désormais plus
difficile : Dieu le veut donc ainsi! Car, si ce n'était sa
volonté, vous vivriez, ô grand roi, et certainement vos
succès les eussent chassés de la Syrie... »

La mort de Henri le Jeune (1183), fils de Henri II, roi
d'Angleterre, inspira un de ses plus beaux chants à Bertrand de Born. Outre le sentiment de la douleur, il y a une
particularité au point de vue du rythme ; dans chaque
strophe, le premier vers se termine par « marrimen » (pitié
chagrine), le quatrième avant-dernier par « jove rei
engles » (jeune roi d'Angleterre), et le dernier par « ira »

(douleur). « La répétition de ces mots est comme un glas funèbre [1]. » Voici la traduction littérale et ingénieuse qu'en a faite M. Eugène Magne :

« Si tous les deuils de la pitié chagrine,
Tous les regrets amers ou passagers,
Nés dans ce siècle où le mal prédomine,
Pesaient ensemble, ils sembleraient légers,
Près de la mort du prince d'Angleterre ;
Sa perte afflige et la gloire et l'honneur,
Et sur le front des enfants de la terre
Comme un nuage amasse la douleur.

« Courtois soldat semble une ombre chagrine ;
Vif troubadour, avenant ménestrel,
Ont vu semblable au guerrier qui chemine
Un noir génie, un ennemi mortel :
L'affreuse mort en ce jeune courage
Des généreux leur enlève la fleur ;
Il ne sera jamais pour tel dommage,
Jamais assez de larmes de douleur.

« Cruelle mort, à notre humeur chagrine
Vante tes coups : nul autre chevalier
Ne leur offrit si vaillante poitrine !
Quelle vertu de son noble métier

1. Léon Clédat, *Rôle historique de Bertrand de Born.*

Ne distinguait ce jeune homme héroïque ?
Si Dieu toujours rendait le droit vainqueur,
Il eût vécu mieux que tel homme inique
Qui pour les bons n'a que mal et douleur.

« Du siècle lâche où meurt ma voix chagrine,
Si l'amour fuit, je tiens son rire faux;
Car il n'est rien qui ne tourne en ruine,
Pauvre aujourd'hui, si moins qu'hier tu vaux!
Que chacun aime en ce jeune modèle
A contempler un preux au noble cœur;
Il est parti, ce cœur tendre et fidèle,
En nous laissant déconfort et douleur.

« Nous, à Celui qui vers l'âme chagrine
Voulut descendre et mourir parmi nous
En nous sauvant par sa vertu divine,
Comme au Seigneur doux et juste envers tous
Crions merci, pour qu'au prince il pardonne
Selon sa grâce et que, dans sa splendeur,
Au sein des preux, là sa main le couronne
Où ne sera jamais deuil ni douleur. »

Le *tenson* est une pièce dialoguée; c'est une sorte de
discussion poétique sur les sujets les plus divers; il est
parfois satirique et violent. Lorsque l'amour en est
l'objet, il s'appelle *jeu-parti*.

Le *sirvente* est un morceau satirique et comporte une grande variété. Il traite aussi de la guerre ; et sur ce point, Bertrand de Born a été tout à fait remarquable.

D'après Fauriel, les principaux événements sur lesquels s'est exercée la satire des troubadours sont : les guerres des empereurs d'Allemagne contre l'Italie, la rivalité des rois de France et d'Angleterre, la croisade contre les Albigeois et l'établissement de Charles d'Anjou en Provence. Ajoutez-y les querelles locales, les guerres contre les mahométans, et la critique des travers de l'époque et des vices ou des ridicules inhérents à la nature humaine ; le champ est vaste et les troubadours l'ont sillonné dans tous les sens.

Commençons par Bertrand de Born :

Dans la pièce suivante éclate une véritable fureur guerrière. Au moment où Philippe-Auguste et Richard Cœur de Lion, secouru par Alphonse IX, roi de Castille, allaient en venir aux mains, le poète s'écrie dans l'exaltation de sa joie :

« Je veux faire un sirvente sur les deux rois : nous allons voir bientôt lequel des deux a le plus de chevaliers.

Le vaillant roi de Castille, Alphonse, arrive, entends-je dire, à la solde; et le roi Richard va prodiguer l'or et l'argent à boisseaux et à setiers; car il met son honneur à dépenser et à donner, et il est plus avide de guerre qu'un épervier (est avide) de perdrix.

« Si les deux rois sont preux et braves, nous verrons bientôt les champs jonchés de débris de heaumes et d'écus [1], d'épées et d'arçons, de bustes fendus jusqu'à la ceinture. Nous allons voir errer çà et là des destriers sans cavalier, des lances pendantes aux flancs et aux poitrines; nous allons entendre rire et pleurer, crier de détresse, crier de joie : grandes seront les pertes, immense sera le gain.

« Trompettes et tambours, étendards, bannières et enseignes, chevaux blancs et noirs : voilà au milieu de quoi nous allons vivre. Oh! le bon temps alors!

« Alors on pillera les usuriers; on ne verra sur les chemins ni sommier assuré, ni bourgeois qui ne tremble, ni marchand venant de France [2]; alors sera riche celui qui osera prendre.

1. D'où le mot écuyer.
2. La partie située au nord de la Loire.

« Que le roi Richard triomphe! Moi, je serai vivant ou tranché par quartiers. Si je vis, oh! le grand plaisir d'avoir vaincu! si je suis en pièces, oh! la belle délivrance de tout souci! »

Des sentiments aussi violents nous peignent cette époque dans sa brutalité réelle, malgré l'illusion que pourraient nous donner la politesse des châteaux et les poésies élégantes qu'on y applaudissait.

Pour varier nos impressions, adressons-nous à un poète d'un tempérament opposé.

Pierre Cardinal n'a pas chanté l'amour; il fait exception sur ce point parmi les poètes de son temps; quelques-unes de ses pièces morales sont d'une originalité particulière, comme on peut en juger par celle-ci.

« Il y eut une ville, je ne sais laquelle, où tomba une pluie si violente que les hommes qu'elle atteignit en perdirent tous la raison.

« Tous, à l'exception d'un seul, qui échappa parce qu'il dormait chez lui quand le prodige eut lieu.

5

« La pluie ayant cessé, il s'éveilla, sortit en public et trouva tout le monde faisant des folies.

« L'un était vêtu, l'autre nu; l'un crachait contre le ciel, l'autre lançait des pierres, l'autre des traits, un autre déchirait ses habits. L'un croyait être roi et se tenait noblement les côtés; l'autre sautait par-dessus les bancs.

« Tel menaçait, tel maudissait, tel autre parlait ne sachant ce qu'il disait; un autre célébrait ses propres louanges.

« Qui fut émerveillé, sinon l'homme resté dans son bon sens? Il s'aperçoit bien qu'ils sont fous; il regarde en bas, il regarde en haut pour voir s'il trouvera quelqu'un de sage; mais de sage, pas un.

« Il est émerveillé d'eux, mais eux le sont encore plus de lui, et s'imaginent qu'il a perdu la raison. C'est ce qu'ils font qui leur paraît raisonnable, et, de ce que le pauvre sage fait autrement, ils le jugent insensé.

« Alors, ils se mettent à le battre : l'un le frappe sur la joue, l'autre sur le cou qu'il lui rompt à moitié.

« L'un le pousse, l'autre le repousse; il songe à fuir de là, mais celui-ci le tire, celui-là le déchire; il reçoit coups sur coups, il tombe, se relève et retombe

« Toujours tombant, toujours se relevant, toujours fuyant, il atteint enfin sa maison et s'y jette d'un saut, couvert de fange, battu, à demi mort, et pourtant joyeux d'avoir échappé.

« Cette fiction est l'image de ce qui se passe ici-bas. La ville inconnue, c'est ce monde rempli de folie. Car aimer, craindre Dieu et observer sa loi est pour l'homme la sagesse par excellence. Mais cette sagesse est aujourd'hui perdue : une pluie est tombée qui a fait germer une cupidité, une méchanceté, un orgueil qui se sont emparés de tous les hommes.

« Et si Dieu en a épargné quelqu'un, tous les autres le tiennent pour insensé; ils le huent et le maltraitent parce qu'il n'est pas sage à leur sens. L'ami de Dieu les juge insensés en ce qu'ils ont abandonné la sagesse de Dieu; eux à leur tour le trouvent insensé en ce qu'il a renoncé à la sagesse du monde. »

Une telle fiction, à la fois vive et grave, nous prouve que la poésie provençale aurait pu s'élever assez haut, si les troubadours avaient plus souvent cherché leur inspiration dans les idées sérieuses et morales.

Les guerres religieuses ont suscité bien des chants ; celui de Gavaudan le Vieux, relatif aux croisades d'Espagne est, d'après Fauriel, le plus beau et le plus énergique :

« Seigneurs, pour nos péchés, s'est accrue la force des Sarrasins. Jérusalem a été prise par Saladin et n'est point encore reconquise ; et voilà que le roi de Maroc s'apprête à faire la guerre à tous les rois chrétiens, avec ses faux Andalousiens, avec ses Arabes armés contre la foi du Christ.

« Il a rassemblé toutes les races du couchant, les Mazmudes, les Maures, les Berbères et les Goths. Vigoureux ou débile, pas un d'eux n'est resté en arrière ; et jamais pluie ne tomba plus serrée qu'ils ne passent, encombrant les plaines et s'affamant les uns les autres. Ils paissent sur les corps morts, comme les brebis sur l'herbe, et n'y laissent ni brin, ni racine.

« Ils sont si fiers de leur nombre, qu'ils regardent le monde comme à eux. Quand ils font halte dans les prés, entassés les uns sur les autres, Maroquins sur Marabouts, Marabouts sur Berbères, ils se raillent de nous entre eux : « Franks, disent-ils, cédez-nous la place ; Toulouse et la

« Provence sont à nous; à nous tout l'intérieur du pays
« jusqu'au Puy. » Entendit-on jamais si insolentes rail-
leries de la bouche de ces faux chiens, de cette race
sans loi?

« Entendez-les, ô empereur, et vous, roi de France, roi
des Anglais, et vous, comte de Poitiers; venez tous au
secours du roi de Castille. Personne n'eut jamais une occasion si belle de servir Dieu; avec son aide, vous vaincrez
tous ces païens dont Mahomet s'est joué, ces renégats, ces
rebuts d'hommes...

« Ne livrons point, nous, fermes possesseurs de la
grande loi (chrétienne), ne livrons point nos héritages à
de noirs chiens d'outre-mer. Que chacun songe à prévenir
le danger; n'attendons pas qu'ils nous aient atteints. Les
Portugais et les Castillans, ceux de Galice, de Navarre et
d'Aragon, qui étaient pour nous comme une barrière
avancée, sont maintenant défaits et honnis.

« Mais viennent les barons croisés d'Allemagne, de
France, d'Angleterre, de Bretagne, d'Anjou, de Béarn, de
Gascogne et de Provence, se réunir à nous, en une seule
masse; et l'épée à la main, nous entrerons dans la foule
des infidèles, frappant, taillant, jusqu'à ce que nous les

ayons tous exterminés; et alors nous partagerons le butin entre nous tous.

« Don Gavaudan sera prophète; ce qu'il dit sera fait. Les chiens périront, et là où Mahomet fut invoqué, Dieu sera honoré et servi. »

En effet, les Almohades furent vaincus par les chrétiens, en 1212, à la bataille célèbre de Toloza; et Gavaudan se trouvait parmi les combattants dont il avait exalté le courage.

Giraud de Borneil a composé aussi des odes très remarquables sur les croisades et qui indiquent une tendance évidente à transporter du clergé aux seigneurs féodaux l'initiative de ces aventureuses entreprises.

« Je reviens, en l'honneur de Dieu, à mes chants auxquels j'avais renoncé. Ce n'est point le gazouillement des oiseaux, ni la feuille nouvelle, ni la gaîté qui m'y invitent. Je suis triste et courroucé en voyant dominer le mal, défaillir le mérite et surgir l'iniquité.

« Je m'émerveille à considérer à quel point le monde est endormi, comment est desséchée la racine de tout bien,

et avec quelle vigueur le mal germe et grandit. A peine
prend-on garde aux outrages faits à Dieu ; et, tandis que
parmi nous les puissances se querellent entre elles, les
perfides Arabes sans loi [1] possèdent tranquillement la
Syrie.

« Mais voici le moment venu où nul homme hardi et
brave sous les armes ne peut plus sans honte refuser son
service à Dieu. Et puisque là où est le bon vouloir, l'Esprit-
Saint ajoute le pouvoir, que chacun prenne garde à ne
point compromettre la sainte entreprise. Que ceux qui
répondent à l'appel de Dieu ne fassent qu'une seule et même
force. Jamais on ne vit de beaux succès naître de volontés
discordantes.   ·

« Plus un homme est puissant, plus il doit s'efforcer de
plaire à Dieu. Les belles armes, la courtoisie, les beaux
passe-temps ne sont point un mal dès l'instant où l'Esprit-
Saint y met racine. L'homme preux, celui qui cherche à
se distinguer, ne sera point haï de Dieu pour sa vaillance
ou pour ses belles manières courtoises.

« De nobles plaisirs, si le cœur et la foi ne sont pas en
défaut, seront un jour ou l'autre pardonnés.

---

1. Telles étaient les idées de cette époque.

« Un homme de haut caractère ne sait pas vivre en tristesse et en souci. Et si la jeunesse et la joie sont aujourd'hui honnies et bannies, c'est la faute de ces puissants au cœur vil, qui ne savent plus ce qu'est don et hospitalité, et auxquels un acte généreux inspire l'épouvante.

« Mais laissons les hommes vils ; il est trop pénible de parler d'eux, et songeons plutôt à détruire les Turcs orgueilleux avec leur méchante loi. »

Le mot *descort* signifie proprement discordance ; il fut appliqué aux pièces de mesure irrégulière.

Les *pièces à refrain* comportent une certaine variété : l'aubade, la sérénade, la ronde, la ballade ; elles sont caractérisées par le retour périodique d'un ou plusieurs vers à la fin de chaque couplet d'une pièce.

Nous n'insisterons pas davantage sur la poésie lyrique qui, à elle seule, pour être traitée à fond, exigerait un long ouvrage.

Nous laisserons de côté la poésie dramatique qui est sans importance dans la littérature romane.

A cette époque reculée, le drame est tout entier dans

l'office liturgique, notamment dans les cérémonies de la semaine sainte.

Ce n'est qu'à partir du xv⁰ siècle que nous avons des pièces régulières, mais naïves, grossières et sans art ; en 1400, mystère « de Sainte-Agnès » ; en 1462, « la Terre et la fortune », moralité jouée à Draguignan ; en 1494, « l'Amoureux et la fille », moralité représentée à Toulon ; en 1495, mystère « de Saint-Jacques », joué à Manosque.

§ 3. — *Poèmes historiques.*

La principale de ces œuvres est le récit en vers de la croisade contre les Albigeois. La première partie qui va jusqu'en 1213 est de Guillaume de Tudela, rimeur médiocre, et favorable aux croisés ; la deuxième partie, au contraire, a été rédigée par un Toulousain qui n'avait que de la haine pour Simon de Montfort, et qui fait preuve parfois d'une véritable éloquence. Nous citerons un des morceaux les plus remarquables de la première partie.

SAC DE BÉZIERS (1209).

« C'était la fête qu'on nomme la Madeleine quand l'abbé de Cîteaux amène la grande armée des croisés, qui tout entière campe à l'entour de Béziers, sur le sable... O la mauvaise étrenne qu'il fit aux habitants de la ville, celui qui leur donna le conseil de sortir en plein jour et d'escarmoucher fréquemment toute la semaine !...

« Quand le roi des ribauds [1] les vit ainsi escarmoucher, braire et crier contre l'armée de France [2], et mettre en pièces et à mort un croisé français, après l'avoir précipité de force d'un pont, il appelle tous ses truands, il les rassemble en criant à haute voix : « Allons les assaillir. »

« Aussitôt qu'il a parlé, les ribauds courent s'armer chacun d'une masse avec laquelle ils n'ont pas leur pareil. Ils sont plus de quinze mille, tous sans chaussure, en chemise et en braies ; ils se mettent en marche tout autour de

1. Ribauds ou truands, soldats vagabonds et sans aveu à la solde de Simon de Montfort dans l'armée française.
2. Les Français du Nord ou catholiques.

la ville pour abattre les murs. Ils se jettent dans les fossés et se prennent les uns à travailler du pic, les autres à briser, à fracasser les portes. Voyant cela, les bourgeois commencent à s'effrayer. De leur côté, ceux de l'armée (française) crient : « Allons tous nous armer! » Vous les auriez vus s'avancer en foule contre la ville et de force repousser des remparts les habitants qui, emportant leurs enfants et leurs femmes, se retirent à l'église et font sonner les cloches, n'ayant plus d'autre refuge.

« Les bourgeois de Béziers voient les croisés venir contre eux et les Français s'armer en grande hâte, tandis que le roi des ribauds va les envahir et que ses truands de toutes parts remplissent les fossés, brisent les murs et forcent les portes. Ils sentent bien en leur cœur qu'ils ne peuvent résister et se réfugient au plus vite dans la cathédrale. Les prêtres et les clercs vont se vêtir de leurs ornements ; ils font sonner les cloches comme s'ils allaient chanter la messe mortuaire pour ensevelir des corps morts. Mais ils ne pourront empêcher qu'avant la messe dite les truands n'entrent dans l'église. Ils ont déjà pénétré dans les maisons, ils forcent celles qu'ils veulent, ils en ont large choix, et chacun s'empare librement de ce qui lui plaît. Les ribauds sont ardents au pillage, ils tuent, ils égorgent tout ce qu'ils rencontrent. Ils amassent et font de tout côté grand butin. Ils en seraient riches à jamais s'ils pouvaient le garder, mais il leur faut bientôt l'abandonner; les barons de France s'en emparent sur eux qui l'ont fait.

« Les barons de France, ceux de vers Paris, clercs et laïques, marquis et princes, entre eux sont convenus qu'en tout château devant lequel l'armée française se présenterait, et qui ne voudrait point se rendre avant d'être pris, les habitants seront livrés à l'épée et tués, pensant qu'après cela ils ne trouveraient plus personne qui tînt contre eux à cause de la peur que l'on aurait, et parce qu'on aurait vu prendre Montréal, Faujeaux et tout le pays.

« Si ce n'eût été cette peur, jamais, je vous en donne ma parole, les hérétiques n'auraient été soumis par la force des croisés. Voilà pourquoi ceux de Béziers sont détruits et mis à mal; on ne peut leur faire pis que de les tuer tous. On tua tous ceux qui s'étaient réfugiés dans la cathédrale : la croix, l'autel, le crucifix ne purent les sauver. Les ribauds, ces fous, ces misérables tuèrent les clercs, les femmes, les enfants; il n'en échappa, je crois, pas un seul. Que Dieu reçoive leurs âmes, s'il lui plaît, en paradis; car jamais, depuis le temps des Sarrasins, si grand carnage ne fut, je pense, résolu ni exécuté. Après cela, les goujats se répandent dans les maisons qu'ils trouvent pleines et se

Sac de Béziers.

chargent de richesses. Mais peu s'en faut que voyant cela les Français n'étouffent de rage. Ils chassent les ribauds à coups de bâtons comme des mâtins, et chargent le butin sur les chevaux et les roussins qui sont là dehors à paître l'herbe.

« Le roi des ribauds et les siens qui se tenaient pour fortunés et riches à jamais de tout ce qu'ils avaient pillé, se mettent à vociférer, quand les Français les en dépouillent. A feu ! à feu ! s'écrient-ils, les sales bandits. Et voilà qu'ils apportent de grandes torches allumées. Ils mettent le feu à la ville et le fléau se répand. La ville brûle tout entière en long et en travers. »

Il n'est pas inutile de rappeler que cette vive description est l'œuvre de Tudela, ami des vainqueurs qui détruisirent la malheureuse ville.

§ 4. — *Chute de la poésie provençale.*

Cette brillante littérature devait mourir avec l'aristocratie et la nationalité méridionales et succomber, elle aussi, sous les coups de Simon de Montfort, de Folquet de Marseille et de l'Inquisition. En effet, l'idiome roman fut proscrit; dans une bulle de 1245, le pape Innocent IV le qualifia de langue hérétique et en interdit l'usage aux étudiants [1].

1. Fauriel (I, p. 24).

D'ailleurs, il faut reconnaître que la muse provençale s'amollit et s'énerva de bonne heure ; elle dédaigna trop l'austère pensée et l'idéal, c'est-à-dire ce qui assure la durée des conceptions humaines. Le sentiment religieux, dans ce qu'il a de large et de haut, lui fit défaut également ; cette poésie, comme a dit M. Villemain, resta à fleur d'âme.

Malgré tout, la langue provençale ne mourut point, mais elle tomba peu à peu au rang de patois. Henri IV prépara la revanche pacifique du Midi en conduisant ses Gascons à Paris, sa capitale ; les félibres, nos contemporains, cinq siècles après, devaient renouer l'ancienne tradition et dire par la bouche de Mistral [1] :

« De l'olivier maltraité par l'hiver voici que derechef jaillissent les beaux jets verdissants, et sous un vent de Dieu, aux applaudissements des hommes, les fleurs du Gai Savoir s'épanouissent à nouveau. »

Mais il y eut dans l'intervalle une période de transition qui n'est pas connue et qui mérite de l'être.

1. Mistral, *Les Iles d'or, Romanin.*

DEUXIÈME PARTIE

PÉRIODE DE TRANSITION

(DU XIVᵉ AU MILIEU DU XIXᵉ SIÈCLE)

La poésie provençale semblait vouée à une mort inévitable pour laisser régner en souveraines et la domination et la littérature du Nord. Mais l'écrasement ne fut pas aussi définitif que ses ennemis avaient pu le désirer : après un demi-siècle environ de stupeur et de silence, elle se reprit à vivre, en attendant des jours meilleurs.

§ 1. — *Les Jeux Floraux à Toulouse.*

En 1323, l'Académie des Jeux Floraux fut fondée, ce qui indique un réveil poétique bien antérieur à cette date. Une légende gracieuse s'y rattache, celle de Clémence Isaure, descendante des comtes de Toulouse, qui aurait en 1490 créé des prix annuels et renouvelé le collège de la « gaie science », ou de la poésie romane, institué jadis par sept poètes toulousains. Quoi qu'il en soit, l'Académie subsiste encore, et elle décerne des prix chaque année à la Fête des fleurs[1] dans une séance solennelle qui s'ouvre, suivant la tradition, par l'éloge de Clémence.

§ 2. — *Goudelin* (1580-1649).

Le grand poète de Toulouse, Goudelin, a écrit sur cette fête et sur sa ville natale des stances remarquables où la saveur du terroir s'allie agréablement avec l'élévation des idées.

STANCES SUR LA VILLE DE TOULOUSE

« O toi, qui n'as jamais vu de merveille, faute de porter ton esprit, tes pieds et ton œil sur les belles choses qui sont sous le ciel, je viens te faire admirer la ville de Toulouse.

« Voici un lac offrant des raretés sans pareilles; après que son ample circonférence t'aura été découverte, tes pieds s'arrêteront, et ton esprit ravi se sentira noyé dans mille et mille merveilles.

1. Le 3 mai.

« Bourgeois et artisans y vont toujours en foule ; les églises rempliront ton cœur de dévotion ; les hôtels, les moulins sont admirablement faits, outre ce que je vais dire de la Maison de Ville.

« Vis-à-vis Saint-Martial s'élève une maison forte, grande, et dont la beauté augmente d'année en année, avec deux tours, en forme de lampe sur les côtés de la façade, et cent mousquets chargés derrière la porte.

« L'on y peut entrer sans grande difficulté pour saluer les huit dignes capitouls, qui, pleins de savoir et de haut jugement, assurent par leurs sentences la commune tranquillité.

« La maturité de leur esprit s'applique à rendre de plus en plus parfaite la cité toulousaine ; aussi faut-il avouer que leurs belles actions obligent à jamais la république tout entière.

« Les uns veillent jour et nuit à la justice ; les autres ont à cœur les diverses réparations ; celui-ci visite les hôpitaux où le pauvre se meurt ; celui-là règle la police comme avec un compas.

« Amis du bien public, ils vont à l'audience entendre les criailleries d'un importun procès ; puis, d'après le droit

et le tort de chacun, ils terminent les différends selon Dieu
et leur conscience.

« Les noms de ces hommes d'honneur, dont je prise si
haut la gloire, braveront la serpe du temps ; et leurs actions
qui ont assuré le bonheur des habitants s'élèveront
jusqu'au ciel sur l'aile de Mémoire.

« Adieu, qui que tu sois, la Muse me dispense de
t'entretenir avec une plus longue complaisance de leur
noble pouvoir, aujourd'hui qu'ils sont conviés à vider
quatre coupes afin d'honorer les fleurs de Mme Clémence. »

Pierre Goudelin parle dans sa pureté et sa pittoresque
énergie l'idiome gascon ; il est spirituel et mordant ; sa
verve populaire est nourrie de souvenirs classiques, et,
malgré l'abus des allusions mythologiques, il est véritablement original dans son « Ramelet moundi » ou le
Bouquet Toulousain.

§ 3. — *La Bellaudière.*

Vers la même époque, en Provence, Louis Bellaud de la
Bellaudière, né à Grasse en 1532, eut une existence désor-
donnée qui rappelle celle de Villon et de Regnier. Aix fut

sa résidence ordinaire; ses folles dépenses le réduisirent souvent au rôle de quémandeur, comme le prouve la pièce suivante adressée le 1er janvier au gouverneur de Provence, Henri d'Angoulême :

« Tous ensemble, Monseigneur, nous vous donnons comme étrenne non une chaîne d'or, mais bonjour et bon an. Vous donner davantage n'est pas interdit, mais le malheur des temps a fondu tout notre avoir. Mais nous prierons la grande Trinité que pendant mille ans vous fassiez chère lie en bonne santé. Car si la santé est florissante, vous n'avez pas besoin d'autre chose, depuis que la broche tourne en tout temps dans la maison. Ainsi, ô notre maître, Dieu veuille que toujours vous puissiez garder la santé, puisque vous avez assez d'argent. Et nous autres, comme une horloge qui répète, nous vous demandons pour toute cette musique, l'étrenne de cette année. »

Une telle demande manquait sans doute de dignité; mais à cette époque personne n'en était choqué outre mesure; Corneille lui-même s'abaissait plus tard devant un simple financier, le sieur de Montoron.

Notre poète, qui eut souvent maille à partir avec la

justice et qui connut la prison, a lancé des traits acérés contre les magistrats qui torturent les condamnés et contre les gens de loi : « Dès que le prisonnier est jeté dans la fosse profonde, la grande humidité le plie en deux subitement. Le froid, la faim, la soif le prennent à la gorge...

« Il vit comme un chien étendu sur la paille. L'eau et le pain, voilà ses compagnons ; en peu de temps son visage est changé et il ressemble à un corps qui a rendu l'âme... (Le glaive des lois) sait respecter Mme la Noblesse d'épée et s'acharner sur les pauvres ; le gibet n'est que pour les pouilleux... (Les hommes de justice) connaissent mille pratiques d'inventions, de répliques et de dires ; ils veulent la chair et encore la peau du bœuf ; puis ils vont disant : Ainsi navigue le monde. Ils trouveraient à tondre sur un œuf. »

Bellaud composa surtout des sonnets et fut d'une fécondité remarquable. Il mourut dans son pays natal en 1588. L'impression de ses œuvres, en 1595, dirigée par son parent, le capitaine Paul, inspira à la jeune Marseille d'Altovitis, âgée de dix-huit ans, une ode française qui fut très admirée et qui n'est pas sans mérite :

Nul n'aura dans le ciel partage,
S'il n'a chanté par l'univers   .
Le rare phénix de notre âge,
Paul et Bellaud mis en vers.
Mercuriens [1], diserts poètes,
Enfants des neuf Muses chéris,
Je sacre [2] aux lauriers de vos têtes
Deux festons de myrte fleuris.
Atropos [3] a voulu dissoudre
Un couple d'amis si très beau,
Ayant mis Louis Bellaud en poudre [4]
Sous le froid marbre d'un tombeau.
Mais de quoi lui sert son [5] envie?
L'amour a dompté son effort :
Car Paul lui [6] redonne la vie
Malgré le destin et le sort.

N'oublions pas que Malherbe, à cette date, n'avait pas encore donné ses modèles, et pardonnons quelques subtilités à la jeune fille en faveur de la vigueur et de l'harmonie de ses strophes.

Bellaud était bien doué pour la poésie; ses œuvres portent la marque d'un talent original et personnel, mais

1. Mercure était protecteur des poètes.
2. Consacre.
3. Une des trois Parques.
4. Poussière.
5. Celle d'Atropos.
6. A Louis, par la publication de ses œuvres.

sans vues supérieures. Il fit de son mieux pour renouer la tradition des anciens troubadours, à une époque où Jehan de Nostre-Dame disait avec tristesse : « Nostre langue provençale s'est tellement avallée[1] et embastardie que à peine est-elle de nous, qui sommes du pays, entendue. »

§ 4. — *Gros* (1698-1740).

Né à Marseille, ce poète célébra la marquise de Simiane, petite-fille de Mme de Sévigné, et abusa de ses souvenirs classiques pour se complaire dans une mythologie fade et souvent fastidieuse. Sa langue n'a pas le sel méridional et détonne dans les sujets relevés.

§ 5. — *Diouloufet.*

Le recueil de ses poésies, publié à Aix en 1829, nous le présente comme bien supérieur au précédent. Il a composé des contes spirituels, non sans recherche et sans faiblesses d'expression. Ses fables offrent des traits gracieux et se terminent d'ordinaire par un proverbe.

1. Dégradée.

C'est, en somme, un écrivain estimable et dont le bon sens est assez finement aiguisé.

L'ANE VOLÉ. (Fable.)

Après avoir développé un éloge agréable et piquant de l'âne, et avoir exprimé le regret que la Fontaine ne l'ait pas fait, il ajoute :

« Un pauvre paysan avait un âne excellent. Femme et chien à tout rustre, avec l'âne, sont nécessaires ; ajoutez-y le chat pour attraper les rats. Et, s'il faut dire la vérité, je ne sais pas lequel des deux Nicolas aimait le mieux, de son grison ou de sa femme.

« Mais un beau matin, que de larmes ! L'écurie fut ouverte et son âne fut dérobé. A dire vrai, elle n'était pas bien fermée ; la porte ne valait rien, on avait toujours différé de la réparer ; à peine la clef la tenait-elle close et Nicolas se contentait souvent de la pousser. Il ne fut pas trop difficile aux voleurs d'opérer un coup de main, bien qu'il dormît tout près de là, et que l'âne eût un grelot qui toujours tintait en mangeant, mais peut-être les voleurs l'avaient-ils obstrué ; le fait est qu'on ne les entendit pas, lorsqu'ils détachèrent l'âne et l'emmenèrent hors de l'étable.

« Mais, hélas! quand le paysan ne vit plus son ami au râtelier, quel regard! Son cœur et son sang se glacèrent. Vite, en gémissant, il courut chez le menuisier : « Faites-« moi sans retard, lui dit-il, une porte d'écurie ayant barre « de bois et force verrous ; n'y oubliez rien, car on m'a « volé mon âne. Ah! pauvre malheureux! je suis ruiné; l'on « m'a pris les trois quarts de mon bien. Ma pauvre femme « est presque morte... elle n'y survivra point... »

Le menuisier souriant : « Je te la ferai, dit-il, et très « bonne et très solide, à gros gonds, à grosse dent. Mais « ce n'est que trop vrai ce que souvent nous disons : « On « l'a volé l'âne, barricade la porte. »

§ 6. — *Pierre Bellot.*

Ce poète, qui a joui d'une grande popularité, est mort en 1855 à Marseille, sa ville de prédilection. Guidé par l'instinct et faisant, au début, des vers sans le savoir, il a abusé de sa facilité et n'a pas assez poli ses ouvrages. Il observe finement les ridicules, il abonde en tours heureux et piquants et excelle dans la satire des travers locaux; l'on a pu dire qu'il « est le poète des esprits cultivés, bien qu'il soit lui-même sans culture. »

L'HABITANT DE MARTIGUES ET LE PERROQUET

« Un Martigal[1] revenant de voyage, entre la Penne et l'Assassin[2], vit sur la cime d'un pin un perroquet qui fuyait la prison : chacun chérit sa liberté.

« Le villageois, plus qu'ébahi de voir une aussi jolie bête, disait tout bas : « Si je pouvais l'attraper, quel joli « cadeau pour Marguerite! » Il rumine son projet; puis, pour l'exécuter, il crache sur ses mains, embrasse l'arbre et grimpe. A peine s'est-il élevé de deux pans[3] que... patatras! le voilà par terre. Non loin de lui il aperçoit Jeannet qui surveillait à l'abreuvoir son mulet, tout en sifflant, les mains derrière le dos : « Eh! l'ami! lui dit-il, viens me « faire la courte échelle. » Et, l'appelant, il faisait luire la piécette. Le rustaud ouvre l'œil, il est amorcé par l'argent.

---

1. On met sur leur compte (à tort sans doute) toute sorte de sottises et de naïvetés.

2. Près de Marseille.

3. Pan : le quart du mètre.

Laissant le mulet, il se hâte d'accourir ; pour arriver plus
tôt, il faillit tomber sur le nez... Il arrive tout en sueur,
se courbe au pied du pin ; l'autre appuie alors son gros
pied sur l'échine de Jeannet, imprimant sur le lard son
soulier garni de clous. Tout d'un coup, il s'applique contre
l'arbre, puis jambe d'ici, jambe de là, il s'approche de
l'oiseau convoité, et veut mettre la main sur lui... Le perroquet qui ronflait, réveillé par le bruit des branches, lui
crie : « Que me veux-tu, mauvais drôle ? Laisse-moi ; ta
« race, je la déteste. »

« Le Martigal glacé, plus sot qu'un étourneau, lui
répond son chapeau à la main : « Pardon, monsieur, je
« vous ai pris pour une bête. »

§ 7. — Il est un certain nombre de poètes dont il faut au
moins citer les noms : *Claude Brueys*, qui essaya de créer le
théâtre provençal sous Louis XIII ; puis *Saboly* avec ses Noëls naïfs
et populaires ; enfin l'abbé *Favre* et ses poèmes burlesques.

§ 8. — *Hyacinthe Morel* (1756-1829).

Il naquit et mourut à Avignon. Son recueil, le *Galoubet*,
nous fait voir en lui un homme aimable, gai convive, sans

prétention, mais sans relief, d'un bon sens malin, et n'abusant pas trop de l'érudition mythologique, bien qu'il eût professé les belles-lettres et enseigné la rhétorique au futur historien Mignet[1]. Je lui reprocherais quelques fadeurs qui rappellent qu'il avait collaboré en français à l'*Almanach des Muses*. Dans la préface, mise en tête du recueil, Mistral le blâme d'avoir fait des concessions à la langue française, ajoutant toutefois que son *Galoubet* a « pour sa part contribué à conserver la tradition de la littérature provençale », et il le félicite d'avoir maintenu la protestation contre « le faux goût », parce qu'il « fraya toujours avec le peuple, et que le peuple est franc et naturel ». La remarque est juste, et plus d'un écrivain, même parmi les félibres, peut en faire son profit.

Morel a célébré le chien de l'aveugle oublié par Buffon dans son *Histoire naturelle*.

« Ma romance souvent chantée a pour auteur le chien

---

1. En 1791, pour l'ouverture de la Faculté des Arts, à Aix, il développa cette proposition hardie pour un doctrinaire : « La nouvelle constitution française est favorable, même aux individus des classes ci-devant privilégiées. » (Séance de rentrée des Facultés. Discours de M. Belin, recteur. Aix, 1888.)

Grigri; c'est dans ses yeux que je l'ai trouvée, et je n'en suis que l'éditeur.

« Cette bête fidèle conduit un aveugle aux cheveux blancs; une ficelle dirige les pas mal assurés du pauvre mendiant.

« Autour du peuple qui se groupe, Grigri marche d'un air suppliant; entre ses dents un morceau de sébile réclame de vous un sou ou deux.

« Mais il sont doux et tendres les couplets qu'il faut lire dans ses regards. Voici comment j'ai osé les traduire; écoutez-moi, si vous avez du loisir :

« — Donnez, donnez, bonnes gens ; prêtez secours au pauvre vieux. Hélas! il ne vous voit pas, le malheureux, mais là-haut quelqu'un vous voit. »

« Ici, le chien, plein d'émotion, d'une manière délicate lève sa patte vers le ciel... Mais reprenons notre chanson :

« — Il m'a dorloté dans mon enfance; il me nourrissait... Pauvre que je suis! Quelle serait ma joie si, grâce à vous, je le nourrissais !

« Où sera l'âme si dure qui ne plaindra les souffrances

d'un malheureux qui, sur la terre, n'a que son chien pour protecteur ?

Grigri, le chien de l'aveugle.

« Bonnes gens, je vous le recommande ; ouvrez la main à mon maître. Ah ! ce n'est pas pour moi que je quête, car avant lui[1] je n'ai jamais faim.

1. Trait délicat.

7

« Le pauvre! son heure s'avance. Bientôt mon ami me
manquera; alors, mon espoir est de mourir sur son
tombeau ! »

§ 9. — *Victor Gélu* (1806-1885).

Gélu est comme Bellot un poète marseillais, exclusivement marseillais; il a décrit dans un style énergique
et intraduisible, bien qu'il se soit traduit lui-même, les
travers et les vices de la populace du vieux port. Doué
des dons les plus rares, perfectionnés par une étude
opiniâtre, il a été, comme on l'a dit, le Béranger du vieux
Marseille, et a produit, dès 1838, des pièces d'un réalisme
violent, mais marqué au coin d'une puissante originalité.
C'est un poète étranger aux coteries et aux sociétés littéraires et qui a vécu à part, cultivant pour son plaisir
personnel sa langue maternelle, sans se faire illusion
sur l'avenir qui lui est réservé. « L'idiome provençal,
écrivait-il en 1840, se meurt. Au train dont va le siècle,
faisant rafle impitoyable des mœurs, des usages, du
caractère, des costumes et du langage anciens, en donnant
à tout et à tous une teinte régulièrement uniforme et

pâle, avant trente ans, cette langue sera aussi difficile à expliquer que la langue des hiéroglyphes pour les quatre-vingt-dix-neuf centièmes de notre population marseillaise. » Et en 1855 : « Dans cet espace de quinze années, le discrédit de l'idiome provençal a fait des pas de géant. » Il n'a pas cru au succès des efforts tentés dès cette époque par la pléiade dont Mistral était déjà le chef, continuant à polir avec un soin farouche ses satires virulentes où éclatent, même dans la trivialité et la crudité du langage, la finesse de l'artiste et l'intelligence du penseur.

Lorsqu'il a touché d'aventure aux grands problèmes, il l'a fait magistralement; à ce titre, le long morceau intitulé le *Credo de Cassien* mérite d'être cité en partie[1] :

« A périr tout entier, que servirait-il de naître? Dieu, qui voit si loin, ne nous forgea pas pour rien. En mourant, nous regermons; l'homme, quand il disparaît, va peupler les étoiles au fond du firmament...

« Enfant! ne ris pas trop de Cassien, du pâtre rustaud. Son système est le seul où déborde l'espoir... Tu me dis que ton major ne croit rien d'une autre vie, qu'en déchi-

1. Le vieux pâtre Cassien s'adresse à Vidal, maître timonier.

quetant notre peau, l'outil du médecin n'y a jamais trouvé
l'âme, et qu'une fois usée ta carcasse vaut autant que celle
d'un chien. — Mais la langue de feu qui aiguillonne ton
corps et te crie : « Toujours tu monteras ! Élance-toi ! » ne
serait qu'une piètre mèche noyée dans une truble [1] ! Mon
fils, ton major en a menti...

« Dieu répandant sa semence aux cieux, à l'aventure,
comme le campagnard qui sème son blé, le grain s'épar-
pilla le long de la voûte bleue ; qui s'aligna par-ci, qui
se glissa par-là. Il advint que notre graine tomba sur
la terre ; là nous rencontrâmes notre premier relais, où
tant de douleurs devaient nous faire la guerre depuis le
berceau jusqu'au suaire.

« Mais le dernier soupir pas plus tôt nous échappe,
nous sommes hissés par là-haut sans crochets, ni palans ;
nous avons entamé notre seconde étape ; nous allons de
nouveau éclore sur un globe plus grand [2]. Là nous sommes
déjà mieux : nous avons le corps de fer, vingt empans de
hauteur, les bras et les nerfs en acier ; nous ne craignons

1. Sorte de filet pour la pêche.
2. D'après le système du philosophe Jean Reynaud.

ni chirurgien, ni drogues; nous ne connaissons plus la maladie...

« Là tu retrouveras ta mère et ses caresses, tes collègues du bord, tes amis du jeune temps; quelles délices, au milieu de l'heureuse famille, si tu passes bras dessus bras dessous avec ton vieux Cassien, de lui dire, à ton docteur (incrédule) pétrifié de tant de merveilles : « Eh bien! il me semble que nous y voilà! »

« Nous montons, nous montons toujours, de planète en planète, du chemin de saint Jacques auprès du soleil. Nous laissons à main gauche un tourbillon de comètes; et sur chaque station nous sommes plus forts et plus beaux. Tant et tant élevés nous ne craignons point que la tête nous tourne. Nous voyons tout, nous connaissons tout, nous pouvons tout; pour tout dire enfin, Vidal, nous sommes avec Dieu.

« Maître timonier, je t'ai amarré sur l'ancre d'espérance; va achever ta tâche au milieu de ceux qui ont faim, et quand tu auras fini ta vie de souffrances, tu viendras trouver Cassien aux pays embaumés. Tu peux épuiser les gouttes du calice de fiel; je t'ai fourni le bâton qui te doit soutenir. Je pars le premier; tu verras mes traces sur le chemin; tu me rattraperas à la brune.

« A périr tout entier, que servirait-il de naître? Dieu, qui voit si loin, ne nous forgea pas pour rien. En mourant, nous regermons; l'homme, quand il disparaît, va peupler les étoiles au fond du firmament. »

§ 10. — *Poésies populaires et anonymes.*

En 1852, M. Fortoul, ministre de l'Instruction publique, forma le projet de réunir les poésies populaires de la France; M. Damase Arbaud[1] recueillit et publia dix ans plus tard les *Chants populaires de la Provence.* Parmi ces pièces, un bon nombre remontent à un passé lointain, et sont la plus fidèle image des anciennes mœurs de cette contrée. « On ne peut accepter[2] comme l'expression de la poésie provençale les chants des troubadours, poésie aristocratique, conventionnelle, écrite dans une langue savante qui n'a jamais été parlée et qui n'était intelligible qu'à la société qui hantait les châteaux, poésie

1. De Manosque, dans les Basses-Alpes.
2. Préface du 1er volume.

qui, si l'on excepte ses sirventes, ne toucha jamais à la réalité des choses et qui, comme les peintres byzantins, représentait un monde de convention avec des couleurs et sous des formes consacrées. » L'idée est juste, si la forme est rude. L'auteur a comblé heureusement une lacune avec cet ouvrage, fruit de longues recherches, plein d'intérêt pour l'historien et pour celui qui veut surprendre sur le fait, et comme en déshabillé, la muse plébéienne. Rien de plus charmant et parfois de plus vif que ces naïves chansons, étrangères à toutes les règles de la poétique, où le bon La Fontaine lui-même eût trouvé à butiner. Nous nous bornerons à deux pièces.

LE MARIAGE DU PAPILLON.

« Papillon, mon bon ami, papillon, marie-toi. Suivant l'usage des anciens, songe à te mettre en ménage.

— « Comment me marierai-je, puisque je n'ai pas de logement? — La limace lui répond : Je te céderai ma coquille. Papillon, etc.

— « Comment me marierai-je, puisque je n'ai point de draps? — Va, lui dit l'araignée, je te filerai un écheveau.

— « Comment me marierai-je, puisque je n'ai pas même du pain ? — La fourmi lui répond : En réserve je garde des épis.

— « Comment me marierai-je, puisque je n'ai pas la moindre pitance? — Va, lui dit le rat, je suis le maître de l'armoire.

— « Comment me marierai-je, puisque je n'ai point de lampe? — Le vers luisant lui répond : Je te servirai de lanterne.

— « Comment me marierai-je, puisque je n'ai pas de sucre? — Va, lui dit l'abeille, j'en trouve sur les fleurs.

— « Comment me marierai-je, puisque je n'ai pas de musicien pour chanter? — La cigale lui répond : Je ferai l'office de tambourin.

« Tout content et heureux le papillon s'est marié; au saint retour de la messe, chaque animal s'est empressé d'apporter les dons promis, afin d'honorer le nouvel époux. »

Cette leçon de solidarité est d'une grâce originale et piquante; la fourmi est ici plus charitable que dans la fable de La Fontaine; le sentiment général est plus élevé et va mieux au cœur que les malins récits de notre fabuliste. La poésie populaire a rarement tracé, suivant nous, de tableau aussi saisissant dans sa simplicité.

Le contraste est encore plus marqué dans l'histoire de la Fourmi et de la Cigale qui allèrent en pèlerinage jusqu'à Jérusalem; elle vaut, certes, la peine d'être traduite en entier :

VOYAGE DE LA FOURMI ET DE LA CIGALE.

« Il y avait une fois une cigale et une pauvre petite fourmi qui allaient en voyage à Jérusalem; elles rencontrèrent un petit ruisseau, il était gelé; la cigale prit son vol, la pauvre fourmi voulut traverser; la glace se rompit et lui coupa la patte.

(Après cette introduction commence la chanson.)

« O glace, que tu es forte de couper la patonne[1] à la pauvre fourmi qui allait en voyage à Jérusalem.

« La glace dit : Il est bien plus fort le soleil qui me fond. — O soleil, que tu es fort de fondre la glace; glace (que tu es forte) de couper la patonne de la fourmi...

1. Petite patte; je ne trouve pas d'autre mot pour traduire.

« Le soleil dit : Il est bien plus fort, le nuage qui me cache. — O nuage, que tu es fort de cacher le soleil ; soleil (que tu es fort) de fondre la glace, etc.

« Le nuage dit : Il est bien plus fort le vent qui me donne la chasse. — O vent, que tu es fort de chasser le nuage ; nuage, etc.

« Le vent dit : Elle est bien plus forte la barrière qui m'arrête. — O barrière, que tu es forte d'arrêter le vent ; vent, etc.

« La barrière dit : Il est bien plus fort le rat qui me perce. — O rat, que tu es fort de percer la barrière ; barrière, d'arrêter le vent, etc.

« Le rat dit : Il est bien plus fort le chat qui me mange. — O chat, que tu es fort de manger le rat ; rat, de percer la barrière ; barrière, d'arrêter le vent ; vent, de chasser le nuage ; nuage, de cacher le soleil ; soleil, de fondre le glaçon ; glaçon, de couper la patonne à la pauvre petite fourmi qui allait en voyage à Jérusalem.

« Épilogue. Mais l'amitié fut la plus forte ; au temps du gai renouveau, la cigale chargea sur son dos la pauvre petite fourmi et la conduisit dans son voyage à Jérusalem. »

Dans ce touchant récit, il faut remarquer que l'exemple de la charité est donné à l'égoïste fourmi par la cigale insouciante qui, d'ailleurs, n'a pas souvent l'occasion de rendre service.

J'ai hâte maintenant d'arriver au poète le plus célèbre de cette période de transition.

§ 11. — *Jasmin* (1799-1864).

Jasmin, que l'on a appelé « le dernier des Troubadours », et qui a été le véritable précurseur de la renaissance provençale, naquit à Agen où il vécut et mourut coiffeur. Issu d'une famille très pauvre, il se forma lui-même sans autre guide que son instinct poétique et sans autre secours que des lectures opiniâtres aux heures de loisir. En 1832, Charles Nodier encouragea ses débuts et fut son parrain littéraire. Il publia un recueil de poésies sous le titre de *Papillottes;* la pièce touchante, « l'Aveugle de Castel-Cuillé », obtint un succès de bon aloi et révéla un poète. Mais les éloges ne l'éblouirent point et il s'appliqua de plus en plus à les mériter; il ne voulut pas quitter sa ville natale, malgré de pressantes sollicitations.

A un Toulousain qui lui conseillait de s'établir à Paris, il
répondait avec autant de grâce que de bon sens :

« Dans ma ville où chacun travaille, laissez-moi tel
que je suis. Chaque été, plus content qu'un roi, je glane
ma petite provision d'hiver; et puis, je chante comme un
pinson, à l'ombre d'un peuplier ou d'un frêne, trop
heureux de devenir vieillard à cheveux blancs dans le
pays qui m'a vu naître. Sitôt qu'on entend dans l'été ce
joli zigo, ziou, ziou! de la sautillante cigale, le passereau
s'échappe et déserte le nid où il sentit pousser des plumes
à ses ailes. L'homme sage n'est pas ainsi; il aime toujours
la vieille maison où il fut bercé dans le jeune âge; il aime,
quand il voit tout verdoyer, homme fait, d'aller rêver sur
le gazon moelleux qu'il foula tout enfant. Je reste donc ici.
Tout ici me convient : terre, ciel, air; tout cela m'est nécessaire pour vivre. »

Il publia successivement : « *Françonnette* », « *Marthe
la folle* » (1844), et « *Ma vigne* »; son talent s'affinait en
mûrissant; bientôt sa réputation franchit les limites de sa
province. Il aimait à lire ses vers en public et il obtenait
comme déclamateur, aussi bien qu'à titre de poète, les

plus éclatants triomphes; il fut applaudi partout, même à Paris où sa naïve vanité et ses saillies primesautières triomphèrent de toutes les préventions. Il se prodiguait avec un rare désintéressement pour une foule de bonnes œuvres, pour les pauvres, pour la construction d'une église. Il disait dans son *Pélerinage en Périgord* :

« Le vieux devient joli, et le monde savant a son œil tourné du côté de l'ancien temps où la poésie, ensevelie depuis quatre cents ans et plus, par le feu des troubadours fut ressuscitée et sortit du tombeau plus belle que jamais. Le nom des troubadours luit grandement aujourd'hui, et nous devons en être fiers, nous autres [1]. Le plus vanté c'est notre Bertrand [2], le troubadour soldat. Oh! lorsque celui-là faisait résonner sa guitare, on dit que les plus froids sentaient se remuer leur âme dans le corps et le fer dans la main!

« Aussi n'est-ce qu'en rougissant, dans son berceau qu'il illumine, que moi, pauvre chanteur à la voix maigrelette, je viens poser l'empreinte de mes pieds à côté de la

1. Les habitants du Périgord.
2. Bertrand de Born.

sienne. Mais je n'ai pas reculé; l'Église m'attendait. Elle a voulu être aidée aujourd'hui par une muse, afin de mettre à l'abri un autel pour les pauvres... Quand je verrai monter tuiles et chevrons, je me dirai : J'étais nu, l'Église, je m'en souviens, m'a vêtu bien souvent pendant que j'étais petit. Homme, je la trouve pauvre; à mon tour je la couvre. Oh! donnez, donnez tous; que je goûte la douceur de faire pour elle, une fois, ce qu'elle a tant fait pour moi. »

Il sut rester pauvre et digne; il demeura étranger aux luttes politiques et défendit de préférence les causes généreuses, aimant son pays natal et l'idiome gascon, sans encourir jamais le reproche de « *séparatisme* » que l'on a pu faire à d'autres écrivains méridionaux. Écoutez-le :

« Nous aimons à parler la langue de notre enfance, mais ce n'est qu'entre nous. Pourquoi en prendre de l'ombrage? Est-ce qu'à la même fontaine toute la France boit? Le Nord chez lui a son visage, chez lui le Midi a le sien. Qu'est la France? une grande, une forte famille de Bretons, de Picards, de Gascons, de Béarnais. Mais nous sommes tous frères pour sa gloire qui brille; tous nous voulons la défendre; et si, ligués entre eux, les étrangers jaloux l'obscurcissent, Bretons, Gascons, Béarnais, tous alors se mêlent, tous alors ne font qu'un, et nous frappons en Français. »

Un dernier triomphe l'attendait, le plus doux peut-être. Dans sa séance du 20 août 1852, l'Académie française lui décerna « la médaille du poète moral et populaire ». Il eut la bonne fortune d'être loué par M. Villemain dans un rapport élégant et des plus applaudis. « Jasmin,. disait l'éminent critique, est de la meilleure famille des poètes, naturel et travaillant avec art, facile, inspiré, pathétique, rapide et concis dans ses tableaux, heureux et neuf dans ses images. »

A mon avis, il a réussi surtout dans les sujets d'élévation moyenne, plutôt que dans les pièces d'apparat et de hautes visées; dans celles-ci, la langue et même l'inspiration lui font défaut. Rien de plus agréable à lire que ses *Souvenirs* dont Sainte-Beuve a dit que c'est « un petit poème plein d'esprit, de finesse et de sensibilité... Même quand Jasmin pleure, on voit rire toujours dans ses larmes un rayon de soleil. »

En voici un assez long extrait qui donnera une idée de sa manière :

« ... Je me faisais, à cet âge tendre, un grand plaisir du plaisir le plus petit. A l'arrivée des vendanges, j'allais grappiller ; à l'arrivée de l'hiver gelant à pierre fendre, faute de bois j'allais me réchauffer au soleil, en attendant l'heure d'aller veiller ; car de l'hiver si laid que la veillée est belle ! Dans une chambre nous étions assis quarante ; suspendu au bout d'un morceau de roseau, un vieux lampion nous prêtait sa lumière ; à vingt quenouilles, vingt fuseaux raboteux tressaient du fil gros comme de la ficelle ; un long silence se faisait et, dévidant les bouts que nous rattachions, nous autres, assis sur l'escabeau, nous écoutions les vieux contes que disait une vieille. Oh ! que je ressentais de plaisirs et de peines quand elle disait l'*Ogre* et le *Petit Poucet ;* mais quand elle peignait, au bruit de cent chaînes, cent revenants dans une vieille masure, quand elle nous disait le *Sorcier*, *Barbe-Bleue*, le *Loup-Garou* qui hurlait dans la rue, demi-mort de peur, je n'osais plus souffler ; et quand je sortais, que minuit sonnait, sorciers et loups-garous, à ce qu'il me semblait,

étaient toujours derrière prêts à me poursuivre. Eh bien!
pourtant, cela savait me plaire; au jour, ma peur s'enfuyait
comme l'éclair; et chaque soir, transi de froid, j'étais
toujours le premier sur l'escabeau.

« Mais un hiver mon escabeau resta vide. Oh! c'est
qu'alors un triste événement m'avait frappé d'une grande
affliction, que, depuis, je sentais mon œil humide de larmes.
Douce ignorance, ah! pourquoi son bandeau se déchira-t-il
à mes yeux si brusquement et si tôt?

« C'était un lundi, mes dix ans s'achevaient; nous
faisions nos jeux, j'étais roi, on m'escortait. Mais tout d'un
coup qui vient me troubler? Un vieux assis sur un fauteuil
de saule, que sur deux pals portaient deux charretiers...
le vieux s'approche, encore, encore plus... Dieu! qu'ai-je
vu? qu'ai-je vu? mon grand-père, mon vieux grand-père
que ma famille entoure. Dans ma douleur je ne vois que
lui; déjà je saute sur lui pour le couvrir de baisers; pour la
première fois en m'embrassant, lui, pleure. — « Qu'as-tu à
« pleurer? pourquoi quitter la maison? pourquoi quitter des
« enfants qui t'adorent? Où vas-tu, parrain? — Mon fils, à
« l'hôpital: c'est là que les Jasmin meurent... » Il m'embrasse

8

et part en fermant ses yeux bleus. Mon œil longtemps le suit sous les arbres.

« Cinq jours après, mon grand-père n'était plus ; et moi tout chagrin, hélas ! ce lundi, pour la première fois, je sus que nous étions pauvres. »

Dans une de ses dernières pièces familières, *Ma vigne*, nous allons voir avec quelle saveur toute personnelle le poète vante cette « médiocrité dorée » qui fit autrefois, les délices du bon Horace :

« Jolie dame, c'est exact : le mois dernier, je mis ma signature sur un morceau carré de papier timbré et je me vis aussitôt maître, non pas, comme vous l'avez appris, d'une métairie à six têtes (de bétail) avec un jardin anglais, couvert d'épis et de groupes d'arbres, mais d'une toute petite vigne que j'ai baptisée *A Papillote !*[1], où je n'ai qu'une grotte pour chambre, où les ceps se compteraient aisément ; d'un bout de haie à l'autre bout sa longueur ne se déploie guère ; cent (vignes) pareilles ne feraient pas la lieue ; six linceuls[2] la couvriraient.

1. Allusion à son métier de coiffeur.
2. Drap de lit.

« Eh bien ! pourtant, telle qu'elle est, je l'ai rêvée vingt ans. Vous riez, Madame, de mon bonheur ? Vous rirez bien davantage quand je vous dirai que depuis que je l'ai achetée, je n'en vois aucune plus riche en fruits. Neuf cerisiers, voilà mon bois ; dix rangs de vigne font ma promenade ; quant aux pêchers, ils sont miens ; les noisettes aussi miennes ; les ormeaux ? j'en ai deux ; les fontaines ? deux aussi. Que je suis riche ! ma muse est une métayère. Oh ! je veux vous peindre, pendant que je tiens le pinceau, notre pays aimé du ciel. Ici, nous faisons tout naître en égratignant la terre ; qui en possède un lambeau se prélasse chez lui ; il n'y a pas de petit bien sous notre soleil !

« Vous me direz qu'à Paris, dans la serre chaude, deux mois avant nous vous faites tout mûrir. Qu'est-ce votre fruit ? De l'eau claire qu'un feu savant fait devenir rousse. Mais, belle dame, ici, vous ne vivriez que de fruits ; vous ôteriez votre gant luisant, nous vous verrions à chaque minute détacher de la branche une belle pêche fondante, y planter votre blanche dent ; comme nous, vous la boiriez presque sans en ôter la peau fine, car depuis la peau jusqu'au noyau elle fond dans la bouche ; c'est du miel.

« Dans le Nord, Madame, vous avez de grandes choses,

des églises, des palais qui montent haut, bien haut ; et le travail de l'homme est plus beau chez vous autres. Mais venez faire quatre ou cinq pauses sur les bords de la Garonne, aux beaux jours d'été : vous verrez que le travail de Dieu nulle part n'est beau comme ici [1]. Nous avons des rocs vêtus en velours qui verdoient, des plaines toujours dorées, des vallées où nous buvons un air sain, et quand nous nous promenons, partout nous foulons des fleurs.

« La campagne de Paris a sans doute fleurs et pelouses, mais elle est trop grande dame, elle est triste et dormeuse ; ici, mille maisonnettes rient au bord d'un ruisseau ; notre ciel est gai, tout s'amuse, tout vit...

« Que je suis bien dans ma vigne ! Oh ! je n'y vais jamais assez ; pour elle je me suis fait poète-vigneron. Je délaisse même les chansonnettes ; je ne rêve qu'échalas, que pampres, que treilles ; sur le chemin, je trouve de petites pierres, je les porte dans ma vigne et j'en fais des tas. J'y aurai une maisonnette et des tonnelles fraîches ; chaque ami à son tour y sera fêté ; et quand viendront les vendanges, mon cellier sera fermé : avec tous mes amis,

1. Idée juste et exprimée d'une façon pittoresque.

sans paniers, sans corbeilles, nous aurons tout vendangé
d'avance...

« A l'heure où je n'ai personne, mes souvenirs fidèles
me font compagnie et les plus vieux se rajeunissent pour
me plaire. Aujourd'hui une nuée m'en est venue : je vois
la prairie où je sautillais ; je vois la petite île où je brous-
saillais, où j'ai pleuré, où j'ai ri...

« Mais je veux dire tout : devant, à gauche, à droite, je
vois plus d'une haie épaisse que j'ai trouée, plus d'un pom-
mier que j'ai ébranché, plus d'une vieille treille où l'on
m'a fait la courte-échelle pour atteindre le fin muscat. Madame, vous le voyez, vers mon passé je me retourne, sans
que mon front en ait rougi. Que voulez-vous ? Ce que j'ai
dérobé je le rends, et le rends avec usure : à ma vigne je
n'ai pas de porte ; deux ronces en barrent l'entrée ; et
lorsque par une trouée je vois le nez des maraudeurs, au
lieu de m'armer d'une gaule, je tourne la tête et je m'en
vais pour qu'ils puissent revenir. Celui qui, jeune, vola,
vieux, se laisse voler. »

En parlant de cette pièce, Sainte-Beuve n'a pas hésité à
dire : « C'est un de ces petits chefs-d'œuvre qu'on ne

peut attendre que de ces poètes accomplis en qui le sentiment et le style s'unissent pour satisfaire à la fois l'âme et
le goût. »

Jasmin ne se lassait jamais, disait-on, de débiter ses
vers aux visiteurs et à ses amis; c'était un de ces lecteurs
infatigables et même fatigants dont a parlé Horace [1],
déployant toute sa verve et sa fougue méridionales devant
ses auditeurs (d'autres ajoutaient malignement : devant ses
victimes).

Mais il était tout autre la plume à la main, lorsqu'il
avait rasé ses clients. Il travaillait longtemps ses œuvres,
cherchait avec opiniâtreté le naturel et la sobriété, visant,
suivant les préceptes de l'école classique, dans le moindre
poème, à la perfection. Il y a là un contraste des plus
extraordinaires et qui frappe celui qui le lit, même dans
une traduction. Ce fait est tout à son honneur et nous
prouve qu'il avait au plus haut degré le respect et la pro-
bité de son art.

Il fut couvert de fleurs par ses compatriotes, appelé
par Nodier *poète incomparable*, par Sainte-Beuve un *Man-
zoni languedocien*, par le cardinal Donnet le *Saint Vincent*

1. Recitator acerbus,

de Paul de la poésie et l'Orphée des temps modernes, pro-
clamé par Lamartine l'*Homère sensible et pathétique des
prolétaires*, et qualifié d'homme de génie par nombre de
ses contemporains depuis la Gascogne jusqu'à Paris.
Comment donc se fait-il que son nom ait été si vite oublié,
et que bien des gens, nous assure-t-on, en dehors des
Agenais, prévenus contre l'ingratitude par la vue de sa
statue [1], se souviennent de lui seulement parce qu'il resta
obstinément coiffeur ?

Cela tient à plusieurs causes dont voici les principales.
Ses vers, qui excitaient tant d'enthousiasme en public,
perdent beaucoup dans le silence du cabinet; il les faisait
habilement valoir par la chaleur de son débit; aussi l'on
peut noter chez lui des traits brillants qui appellent les
bravos de l'auditoire et des pointes ingénieuses ou sonores
à faire pâmer tous les gens du Midi. Tel est le sort réservé
aux orateurs et à ceux qui composent pour la lecture
publique; voilà pourquoi nous préférons les pièces de
caractère intime et d'allure familière, où il exprime avec
beaucoup de charme et de relief ses prédilections pour la
famille et la vie champêtre.

1. Sur une place publique d'Agen, près de la promenade du Gravier.

En second lieu, sa langue est artificielle; c'est lui qui la
crée en reprenant les vieilles expressions et les tournures
oubliées de l'idiome gascon; cela donne à son style de la
saveur et du piquant, mais est-il toujours compris facile-
ment, même de ses compatriotes? C'est douteux, malgré
l'affirmation de Sainte-Beuve si exact d'ordinaire, mais peu
compétent en ce point particulier :

« La langue, dit-il, dans laquelle Jasmin écrit est le
patois du Midi ; mais ce mot est bien vague, et ne donnerait
pas une juste idée de son doux idiome et du travail d'artiste
avec lequel il l'a réparé. La langue du Midi de la France,
la plus précoce de celles qui naquirent du latin après la
confusion de la barbarie, cette langue dite provençale-
romane était arrivée à une sorte de perfection classique
durant le xiie siècle, de 1150 à 1200; elle avait produit en
poésie des œuvres diverses et des plus distinguées, et elle
était en plein épanouissement, lorsqu'elle fut violemment
dévastée et ravagée dans la guerre dite des Albigeois. Elle
fut écrasée brutalement dans sa fleur et comme noyée dans
le sang de ceux qui la cultivaient. Durant quelque temps
elle lutta encore et essaya de se maintenir à l'état litté-

raire ; mais, tout centre politique étant détruit dans le Midi, cette langue, la première née ou du moins la première formée des modernes, tomba décidément en déchéance, et passa à l'état de patois..... Depuis lors, cette langue éparse et morcelée avait encore eu ses poètes particuliers en Béarn, à Toulouse, dans le Rouergue, en différents lieux ; mais ces poètes d'un naturel aisé ne faisaient aucun effort pour sortir de l'esprit du cru, et pour élargir l'horizon tout local où les avait confinés la Fortune. Jasmin, dans la seconde partie de sa carrière, a eu l'honneur et le mérite de sentir qu'il y avait à revenir, pour tout le Midi, à une sorte d'unité d'idiome, au moins pour la langue de la poésie [1]. En débutant dans son patois d'Agen, il trouva une langue harmonieuse encore, mais très atteinte par les invasions françaises qui y avaient importé des tours et des mots contraires au génie primitif. Il eut à se défaire lui-même de ses premières habitudes, à débarrasser la super-ficie de la pierre, comme il dit, de ces couches étrangères qu'y avaient appliquées deux siècles civilisateurs. Il y réussit avec délicatesse et sans marquer l'effort. La langue

---

1. Il y a pourtant des différences notables entre le gascon et le provençal proprement dit. Les lecteurs de Mistral ne comprennent pas Jasmin.

qu'il parle aujourd'hui, la langue qu'il chante, n'est celle
d'aucun lieu en particulier, d'aucun coin de Gascogne, de
Languedoc, ni de Provence; c'est une langue un peu artificielle et parfaitement naturelle, qui s'entend également
pour tous ces pays [1] et que les Catalans eux-mêmes comprennent. Il y introduit discrètement des mots pittoresques
de son invention, des diminutifs, de vieux mots rafraîchis,
mille alliances et mille grâces dont autrefois nous-mêmes
nous n'étions pas absolument dépourvus dans le français
d'Amyot et de Montaigne, mais que la régularité classique
nous a retranchées... »

Malgré son industrieuse habileté et l'originalité de son
talent, notre poète ne put fixer son idiome natal et arrêter
une décadence certaine. Le cours même des années et
« l'invasion » dominatrice du français l'ont rendu, nous
le croyons du moins, de plus en plus obscur, même pour
les Méridionaux.

Enfin, la renaissance purement provençale et la fondation du félibrige en 1854, près d'Avignon, ont repoussé

1. Nous avons fait des réserves à cet égard.

Jasmin au second plan, au moment où une ère nouvelle
s'ouvrait avec les poèmes de Mistral qu'un souffle puissant
et l'audace de la jeunesse élevaient bien au-dessus de lui.

TROISIÈME PARTIE

LES FÉLIBRES

1854

CHAPITRE I

RENAISSANCE DE LA POÉSIE PROVENÇALE

Parmi les 66 biographies des troubadours, dont nous avons parlé, 8 seulement se rattachent à la Provence proprement dite; en revanche, la renaissance ne compte presque que des Provençaux. Le 21 mai 1854, sous les ombrages du château de Font-Segugne, près d'Avignon, Roumanille fonda le *félibrige*. Au vieux mot de troubadour était substitué une expression également ancienne, mais moins heureuse, *félibre*, qui signifie docteur ou maître ès arts. Restaurer l'idiome provençal, remettre en honneur les souvenirs et même les croyances d'autrefois, grouper en vue d'une action commune tous les hommes de talent et de bonne volonté, préparer une réforme orthographique[1] en même temps que littéraire : tels furent les prin-

1. Cette réforme a soulevé bien des dissidences (Damase Arbaud, Victor Gélu, etc.).

cipes de la nouvelle association qui, au début, comprenait sept poètes, parmi lesquels il faut citer Mistral, Aubanel, Anselme Mathieu et Félix Gras. L'année suivante, une publication annuelle, l'*Almanach provençal*, devenait le moniteur de la nouvelle école du « gai savoir ».

Depuis cette époque, elle s'est développée, étendant au loin ses ramifications, organisant des congrès et des réunions retentissantes, renouant la chaîne avec les siècles qui virent s'épanouir pour la première fois la civilisation et la poésie du Midi. Des ouvrages considérables ont été produits dans lesquels éclate une haute inspiration, où revivent les souvenirs glorieux et touchants, où l'amour du sol natal s'exprime avec une vive éloquence :

INVOCATION A L'AME DE LA PROVENCE

« Ame de mon pays, toi qui rayonnes éclatante dans sa langue et dans son histoire! Quand les barons picards, allemands et bourguignons, pressaient Toulouse et Beaucaire [1], toi qui enflammas de tous lieux contre les noirs

---

1. Allusion à la guerre des Albigeois.

chevaucheurs les hommes de Marseille et les fils
d'Avignon !

« Par la grandeur des souvenirs, toi qui nous sauves
l'espérance ; toi qui, dans la jeunesse, malgré la mort et le
fossoyeur, fais reverdir plus chaud et plus beau le sang
des aïeux ; toi qui, inspirant les doux troubadours, fais
ensuite gronder telle que le mistral la voix de Mirabeau [1] !

« Car les houles des siècles, leurs tempêtes et leurs
horreurs ont beau mêler les peuples et effacer les frontières : la terre maternelle, la nature nourrit toujours ses
fils du même lait ; sa dure mamelle toujours à l'olivier
donnera l'huile fine.

« Ame éternellement renaissante, âme joyeuse, fière et
vive, qui chantes dans le bruit et le vent du Rhône ! Ame
des forêts harmonieuses et des calanques [2] ensoleillées,

---

1. Comparer le passage suivant de Michelet (*Notre France*) :

« Ce n'est pas sans raison que la littérature du Midi au xiie et au xiiie siècle
s'appelle la littérature provençale. On vit alors tout ce qu'il y a de subtil et de
gracieux dans le génie de cette contrée. C'est le pays des beaux parleurs,
passionnés (au moins pour la parole), et, quand ils veulent, artisans obstinés
de langage ; ils ont donné Massillon, Mascaron, Fléchier, Maury, les orateurs
et les rhéteurs. Mais la Provence entière, municipes, Parlement et noblesse,
démagogie et rhétorique, le tout couronné d'une magnifique insolence méridionale, s'est rencontré dans Mirabeau, le col du taureau, la force du Rhône. »

2. Petite baie.

âme pieuse de la patrie, je t'appelle. Incarne-toi dans mes vers provençaux[1] ! »

Depuis que les félibres nous ont donné comme une explosion de poésie, la période de production a fait place à l'analyse et aux études grammaticales avec le grand dic-tionnaire provençal de Mistral[2]; nous pouvons maintenant jeter un regard en arrière et apprécier l'importance de cette rénovation littéraire. L'enthousiasme s'est bien re-froidi; les poètes morts n'ont pas été remplacés, et celui qui plus tard succédera à l'auteur de *Mireille* n'a pas encore paru. Les félibres, nous le croyons du moins, auront fait un beau rêve qui n'aura pas de lendemain : c'est pour nous une raison de plus de leur rendre toute la justice qui leur est due.

La langue provençale est excellente dans l'expression des sentiments simples, dans les sujets populaires et d'élé-vation moyenne; elle raille avec une naïveté malicieuse, elle décrit avec beaucoup de charme les scènes et les

1. Mistral, *Calendal.*

2. Il a refait, en le complétant et en l'appropriant à l'école nouvelle, le dictionnaire d'Honnorat publié en 1846-47. (Digne, Repos.)

tableaux champêtres, et rend avec une aisance primesau-
tière les idées et les sentiments d'ordre commun et peu
compliqués. Mais elle est pauvre et guindée pour l'expression des idées générales; elle est obligée de recourir aux
tournures françaises et aux alliances de mots qui ont perdu
la saveur du terroir. Les belles inspirations de certains
poètes ne me paraissent qu'un heureux accident et n'affai-
blissent point la portée d'une remarque générale.

Comme Jasmin, les félibres ont créé une langue artificielle et que le génie lui-même ne saurait désormais fixer.
D'ailleurs, ils ne sont intelligibles le plus souvent qu'à
l'aide d'une traduction, et ils présentent les plus éton-
nantes variétés dans l'emploi de leur idiome. Ils n'en
auront pas moins produit des œuvres remarquables, où
abonde la vraie poésie, et qui ont eu une réelle influence
sur des écrivains qui ont écrit en français. Le Midi a voulu
prendre sur le Nord une vieille revanche par ses artistes,
ses poètes et ses romanciers qui, à l'exemple d'Alphonse
Daudet, ont ajouté un rayon de soleil à la littérature
parisienne. Ce résultat n'est pas à dédaigner et fait le
plus grand honneur au félibrige.

On l'a accusé de « séparatisme » ou de « particularisme », mots barbares que j'emploie à contre-cœur. Bien que des paroles imprudentes aient été prononcées dans les heures d'enivrement, je ne veux pas croire que de telles intentions aient réellement existé; il est plus équitable de supposer que l'amour de la Provence s'est exprimé avec une véhémence excessive, je veux dire méridionale, et a trahi la pensée de nos poètes. Ils se sont, d'ailleurs, lavés de ce reproche, et nul n'a désormais le droit de le leur jeter à la face. C'est ce sentiment qui a dicté à Mistral un de ses plus beaux récits.

LE TAMBOUR D'ARCOLE.

« A l'armée d'Italie est un petit tambour qui frétille d'amour pour la République.

« C'est un ver de terre sorti de Cadenet [1]; mais à cette heure les grands et les nains vont en guerre.

« Ils marchent droits comme des lis; le monde est stupéfait, le monde entier est contre eux; mais ils ont la liberté !

1. Il s'appelait Étienne et il était de Cadenet (Vaucluse).

« Les chamades tonnent; les corbeaux ont faim. Armée contre armée se vont[1] à la rencontre.

« Les rivières, les montagnes viennent les séparer. Oh ! mais le pont d'Arcole aujourd'hui les réunira.

« Par quatre canons le pont est défendu; mais il y a dans les poitrines un cœur qui leur répond.

« Aïe ! la première file qui veut passer le fleuve trébuche tout entière dans la foudre et les éclairs.

« La seconde brigade qui paraît sur le pont, hélas ! pulvérisée vient accroître les morts.

« L'œil étincelant, Bonaparte saisit le drapeau : « Il « faut, dit-il, enlever le pont. » Et l'épée haute :

« Grenadiers, en avant! » Les plus forts baissent la tête et, sombres, se laissent insulter par le sort.

« Ainsi donc, héroïque France, aujourd'hui tes fils lâcheront pied, tes fils, ô République, épouvante des tyrans !

« Non! un enfant de troupe, perdu dans la fournaise, un enfant, voyez, se courbe infatigable sur son tambour.

« Effaré, l'âme en fête, battant, battant le rappel, il court se mettre à la tête du pont devant le général.

« Ce n'est qu'une fauvette, le pauvret! mais son

1. Provençalisme.

tambour terrible parle; il parle de liberté et d'honneur.

« Dans sa colère furieuse, il parle des vieillards et
des enfants; il parle de la patrie et fait dresser les cheveux.

« Voilà les beaux jouvenceaux qui sanglotent et pleurent soudain, et les vieux soldats qui grognent sous leurs
catogans.

« Battant, battant la charge, ensemble il les fait
bondir, il les pousse, il les lance pêle-mêle, interdits.

« Dans la sombre bordée qui tonne sur le pont l'armée
s'engouffre en désordre, toute de front.

« Avec le sang qui fume, les cris, les râles, la poudre
enflammée, la mort, le tourbillon, au chant de la *Marseillaise*, au chant de la liberté, le pont est emporté par
l'armée française. »

Ensuite, dans un épilogue brillant, le poète nous représente le conscrit devenu vieux, et, après l'éblouissement
des victoires de la République et de l'Empire, regrettant
les bords de la Durance et son pays natal. Un jour, il
se promenait tristement dans Paris, lorsque arrivé au
pied du Panthéon il leva les yeux.

« Par là-haut, dans les airs, ô Sainte Marie! dans le fronton géant, alors tout'neuf, ressortaient des statues symétriques; et, sur la frise, des lettres d'or portaient : *Aux grands hommes la patrie reconnaissante!* Ce que c'est que le sort!

« Tambour, hausse la tête! » lui crie un passant; « celui « qui est là-haut, l'as-tu vu? » Vers le temple qui se dressait magnifique le vieillard leva son front ébloui. A ce moment, le soleil joyeux secouait sa chevelure d'or sur toute la ville ravie.

« Quand le soldat vit avec sa coupole s'élever dans le ciel le Panthéon, et qu'avec son tambour en bandoulière battant la charge, comme si c'était vrai, il se reconnut, lui, l'enfant d'Arcole, là-haut, à côté du grand Napoléon :

« Ivre de sa folie première, en se voyant si haut, en plein relief, sur les ans, sur les nues, sur les orages, dans la gloire, l'azur et le soleil, il sentit dans son cœur comme un doux gonflement, et raide mort tomba sur le carreau[1]. »

Il convient maintenant d'apprécier l'œuvre des principaux poètes qui ont marqué leur place dans la pléiade

1. *Les Iles d'or.*

nouvelle dont l'éclat a été si vif, et a brisé les cadres trop étroits de la centralisation littéraire. Roumanille, Aubanel, Mathieu, Félix Gras et, le plus grand de tous, Frédéric Mistral, ont une physionomie particulière et des aptitudes très diverses qu'il faut étudier séparément.

CHAPITRE II

LES PRINCIPAUX FÉLIBRES

§ 1. — *Roumanille* [1].

Dès l'année 1847, il avait publié, en provençal, un recueil de poésies, les *Pâquerettes*, pour charmer, dit-on, les soirées de sa mère qui ne comprenait pas le français. Encouragé par le succès de ce volume, il donna des œuvres de polémique politique et religieuse [2] qui consacrèrent sa réputation, et il conçut la pensée d'assurer l'avenir de la renaissance provençale par l'organisation du félibrige. D'un caractère ferme et modeste, il en fut l'âme et il sut encourager le talent original de son jeune ami Frédéric Mistral.

1. Né à Saint-Remy, en 1818.

2. Les petites *Œuvres* (en prose et en vers); plus tard les *Provençales*. Ces recueils offrent une grande variété.

Il excelle à la fois dans l'élégie et dans les récits mali-
cieux ; observateur pénétrant, il peut, à son gré, exciter
le rire ou les larmes, tout en gardant une mesure exquise
de ton et de langage. La langue est naturelle, d'une parfaite limpidité ; les lecteurs provençaux n'ont pas besoin
d'une traduction pour comprendre et goûter le gracieux
conteur, qui occupe, de ce fait, une place à part dans le
groupe des félibres. Écoutez avec quel charme il parle de
son pays natal :

OU JE VEUX MOURIR

« Dans un mas qui se cache au milieu des pommiers,
un beau matin, au temps des moissons, je suis né d'un
jardinier et d'une jardinière, dans les jardins de Saint-
Remy.

« De sept pauvres enfants je vins le premier. Là ma
mère, au chevet de mon berceau, souvent veillait pendant
des nuits entières son petit enfant malade qui dormait.

« Maintenant, autour de mon mas, tout rit, tout rever-
dit ; loin de son nid de fleurs, soupire et voltige le petit
oiseau qui s'en est allé.

« Je vous en prie, ô mon Dieu, que votre main bénie, quand j'aurai assez de l'amertume de la vie, ferme mes yeux où je suis né [1]. »

Il ne réussit pas moins bien dans le conte familier. Ainsi, même après Molière, il a été spirituel et piquant contre les médecins :

LES AMES EN PEINE. (Conte en prose.)

« Un pauvre malade, qui depuis longtemps s'affaiblissait, alla, dit-on, consulter un sorcier.

« — Vous qui êtes devin, ne pourriez-vous pas m'indiquer un bon médecin ?

« Le sorcier lui remet une bague :

« — Tenez, fait-il [2] ; allez à la ville. Vous mettrez cette bague, et quand vous serez à la porte d'un médecin, vous verrez, sur le seuil, voltiger les âmes de tous les malades qu'il aura envoyés dans l'autre monde. Cela vous servira.

« Le malade se rend à la ville.

1. Margarideto (*Pâquerettes*).
2. Provençalisme.

« — Oh! quelle quantité! c'est un vrai brouillard, dit-il, quand il se trouva devant la maison d'un médecin fameux, une grande et belle maison.

« Et il courut épouvanté, baisant sa bague. Oh! combien il en vit, de ces pauvres âmes, tourbillonner devant les portes! Plus étaient célèbres les médecins, plus il y en avait. A la fin, quand il eut assez couru, il se trouva dans un cul-de-sac, devant une pauvre maisonnette où voltigeaient deux pauvres âmes en peine.

« — Voici mon homme, se dit-il; il n'en a tué que deux. Au hasard, Balthazar! s'il faut mourir, mourons.

« Il frappe : on lui ouvre, il entre.

« — Monsieur, fit-il au médecin, je viens de loin; je viens vous dire mon mal, un mauvais mal. Mais vous êtes si habile, en vous j'ai tant de confiance que vous me guérirez.

« — Ah!.. et comment se fait-il, brave homme, lui dit le médecin, que vous ayez de moi si bonne opinion? Je n'ai soigné encore que deux malades. »

Au bon sens le plus solide et le mieux aiguisé, il joint l'élévation morale, justifiant ce que lui écrivait un cri-

tique[1] le 18 août 1853 : « La poésie provençale (des troubadours) a péri parce qu'une inspiration profonde lui a
manqué, et qu'elle a été trop longtemps le gazouillement
d'une pensée enfantine. Vous et vos amis, vous vous
efforcez aujourd'hui de retremper votre idiome; vous lui
confiez l'expression de sentiments plus mâles et de pensées plus élevées; vous en faites un instrument de civilisation morale; vous songez enfin, sans pédantisme et
sans fracas, au but sérieux de toute poésie. »

Roumanille, plus que tout autre, a mérité cet éloge; il
est resté une des figures les plus attachantes dans ce
groupe nombreux des poètes auxquels il a donné un idéal
et un drapeau. Citons encore une de ses pièces les plus
remarquables par la vivacité des sentiments et la vérité du
trait :

LA VACHE DE LA VEUVE.

« Lèche, lèche mes mains, ô ma belle Roussette[2]! Il
faut donc que nous nous quittions et que je reste seule, oui
seule, pauvre veuve, avec un petit orphelin que tu as

1. M. Saint-René Taillandier.
2. Au poil roux : nom de la vache.

nourri plus que moi du lait de tes mamelles! Le jour, jour de malheur, où l'on a enveloppé le père dans le linceul, pourquoi n'a-t-on pas enveloppé l'orphelin et la mère?

« Nous te renvoyons, il est vrai; mais ne nous veuille aucun mal : depuis que Dieu m'a pris le soutien de la maison, dans la maison avec le deuil la faim était venue, tu le sais! Et voilà pourquoi je t'ai vendue. Assez longtemps nous avons trait le lait de ta mamelle! Si d'autres te vont traire, c'est Dieu qui l'a voulu : nous n'avions plus de pain, plus une miette dans la panetière! Et pour te nourrir, rien, plus rien dans le grenier à foin! Aussi, de plus en plus, ma pauvre, tu maigrissais. Tu n'avais rien dans ta crèche et jamais tu ne te plaignais!

« Vincent [1] va te mener, ma bonne, vers ton maître qui est une crème d'homme et cossu; sans doute tu t'y trouveras bien. Ah! s'ils n'ont pas soin de toi, Roussette, je le saurai; j'irai vers ton maître et le lui reprocherai..... Lèche, lèche mes mains, ô ma belle Roussetto! Il faut donc que nous nous quittions et que je reste seule. »

« Voilà ce que la veuve dit à sa vache.

« Puis de sa petite étable Roussette sortit. Elle était

1. Le fils de la veuve.

toute pensive et triste, elle regardait fixément : vous eussiez dit qu'elle comprenait tout ce qui arrivait!

« C'est alors que Vincent, la vache et le chien, prirent le chemin du Mas des Cerises. Et la veuve, clouée au seuil, l'œil sombre, les regarda partir, pâle comme une morte! »

Avant de quitter Roumanille, remarquons que cet écrivain a fort bien réussi dans les genres familiers et populaires, mais qu'il n'a guère été suivi dans cette voie féconde et vraiment provençale. En général, les félibres, comme les anciens troubadours, ont eu, à leur insu peut-être, des visées aristocratiques. Comme leurs devanciers, ils n'ont pas abordé le théâtre qui aurait pu leur ménager des triomphes devant le vrai public. Nous en avons la preuve dans le succès avec lequel ont été accueillies les scènes de la vie provençale de M. *Sénès* (dit *la Sinse*); les mœurs populaires y sont prises sur le vif et notées avec un burin aussi ferme que spirituel. La langue en est claire et d'une lecture facile; à un comique de bon aloi qui provoque des fusées de rire s'ajoutent de fines observations qui font honneur à l'aimable psychologue.

§ 2. — *Aubanel* (1829-1886) [1].

Si Roumanille veut plaire au peuple, Aubanel ambitionne surtout les suffrages des artistes. Doué d'un talent vigoureux et fier, il écrit dans une langue nette et ciselée.

Il a l'observation ferme et vive; ses peintures sont d'une sobriété et d'un réalisme admirables. Il a manié habilement les rythmes les plus variés; sa *Grenade entr'ouverte* est son seul titre à l'attention des lettrés. Détachons-en une pièce pour justifier ce qui précède :

LES FAUCHEURS

I

« Plantons nos aires [2], allons! Secouons l'indolence, et mouillons de salive le bord du marteau !

« Je n'ai qu'une paire de braies et qui tombent en loques, mais nul n'est tel que moi pour marteler les faux.

1. Né et mort à Avignon.
2. Enclume portative.

« La femme et les enfants attendent la becquée; la faux est ébréchée. Ce soir, ils auront du pain.

« A qui fait son métier jamais ne manque le vivre : mes amis, sur la hanche ceignons nos étuis de bois [1].

« La mère et la fille prennent leurs chapeaux à larges bords ; les enfants du faucheur apportent des râteaux.

« Le plus jeune à la main dodeline une fouace; l'aîné porte le bissac et chemine devant.

« — Que portes-tu? — Des piments, du cachat [2], des ciboules, un morceau d'omelette. — En voilà bien assez !

« — Tu es brave comme un sou! [3] — Mes amis, bon courage, partons pour la fauche, les faux sur le cou.

« — Je n'ai qu'une paire de braies et qui tombent en loques, mais nul n'est tel que moi pour marteler les faux.

II

« A la nuit, il ne restera guère de ce pré, n'est-ce pas, fameux faucheurs ? et l'ouvrage luira.

1. Où l'on tient la pierre à aiguiser.
2. Fromage pétri que l'on fait fermenter.
3. Locution du cru.

« Le soleil qui darde fait resplendir les faux.

« La faux va et vient, rien ne lui échappe ; les saute-
relles sautent sur les lignes de foin

« En travaillant, certes, s'amasse l'âpre faim, pour
lamper le vin fort et broyer le pain dur.

« Adieu, l'herbe et les fleurs ! les râteaux râtelaient et
les grillons criaient de douleur et d'effroi.

« Le soleil qui darde faisait briller les faux.

« Je suis las et ployé ! Aussi bien, en un jour, faucher
cinq héminées [1], et le temps de marteler la faux !

« Le soleil qui darde ne fait plus briller les faux.

« Le voilà tout par terre ! Vienne une bonne lune...
Faisons brûler une pipe, et puis, tant pis s'il pleut !

« Que les faux se balancent appendues à la solive, et
mangeons la salade assaisonnée d'ail.

« Le soleil qui darde a fait briller les faux. »

Toutefois Aubanel a un caractère qui lui assigne
un rang à part, c'est la vive peinture de la passion ; il
a exprimé les tourments de l'amour avec des traits modernes et profonds qui le rendent bien supérieur aux

1. Mesure locale.

troubadours du moyen âge et l'ont fait appeler le Musset
des félibres. Le cadre de ce livre nous interdisant les longues incursions dans ce domaine, nous donnerons seulement un morceau qui nous paraît un modèle achevé de
mélancolie :

LE SOMMEIL D'UNE PETITE FILLE

« La femme se courbe et se dresse, coupant les grandes
touffes de jonc; un peu plus loin, l'homme laboure et le
chien garde la petite enfant.

« Sur le tablier que la mère avait laissé dans la jon-
chaie, l'enfant, tournée à demi sur le côté, et la tête en
arrière, dormait.

« Toute rose et blonde et bouclée, une main dans les
boucles longues, la douce enfant dormait, bercée par la
brise et ses chansons.

« Les grands arbres, comme une pluie, les grands
arbres pleins de soleil laissèrent tomber de leurs feuilles
la pénombre de ce frais tableau.

« Elle dort demi-nue et innocente; pour l'épier, gais et

coureurs, les lézards verts et les gris viennent sans bruit dans le sentier.

« Les papillons, dont les ailes volent à toute fleur

Oh! que je voudrais ainsi dormir!

champêtre, les papillons se sont posés pour voir cette heureuse enfant.

« Moi qui passais dans le chemin, je m'arrêtai tout pensif et je dis : « De quoi rêve-t-elle, pour être belle ainsi, « mon Dieu? »

« O sommeil, bon sommeil de l'enfance, bon sommeil, pourquoi n'as-tu qu'un temps? Dans l'amour, dans l'infortune, à l'homme tu ferais tant de bien !

« Beaux sommes que je ne puis plus faire!... Oh! que je voudrais redevenir petit enfant avec ma mère! Oh! que je voudrais ainsi dormir! »

§ 3. — *Anselme Mathieu* [1].

C'est le poète des baisers, et de la joie pétillante : « Sa *Farandole* est une vraie danse; et, pareil au conducteur d'une jeune farandole, qui, lorsqu'il mène par les rues sa chaîne de danseurs attachés par la main, la fait aller, la fait venir, tourner et retourner, et dans les lieux les plus difficiles, tantôt la groupe en ronde, tantôt l'enroule en spirale, puis se détache et lui danse au-devant, puis la saisit encore et la fait passer, rapide, sous les bras des deux derniers, — notre poète, que le sentier soit uni ou scabreux, conduit sa *Farandole* par les sentiers de l'amour, tantôt à la rosée, tantôt au soleil, tantôt

1. Né à Châteauneuf-du-Pape, près d'Avignon, en 1828.

à la brune, selon l'air que bat le tambourin, *aubade*, *soleillade* ou *sérénade*[1]. »

Mathieu est avant tout gracieux et gai; pour lui la campagne et la vie n'ont que des sourires; il chante l'amour heureux et l'ivresse insouciante de la jeunesse; différent d'Aubanel qui avait dit les tristesses et les douleurs de l'homme, il nous donne la sensation du printemps dans la nature provençale, mais avec des traits qui dénotent un écrivain nourri des classiques tels que Virgile et surtout Catulle. Son recueil renferme nombre de petits morceaux achevés où le travail ne paraît point et qui n'en sont que plus agréables aux lecteurs délicats. Nous n'aurons que l'embarras du choix pour citer cet aimable poète :

EN AVANT!

« L'autre matin le chardonneret me vint faire ses salutations :

« Dans notre ciel qui était si bleu, je sens venir la

1. Préface de Mistral.

« brume, me dit sa voix grêle : crois-moi, poète, ne chante
« plus ! »

« Mais fière de son chant hivernal, aujourd'hui la
mésange noire me dit, perchée sur un chêneteau : « Chante
« avec moi ! Bien que tardive, la pommette rouge du petit
« houx n'est-elle pas agréable à voir au milieu des nei-
« ges ? »

« Et renversant sa tête blonde sur mon épaule : « Beau
« mignon, me dit Margaï, ne va nulle part ! Aujourd'hui la
« bise siffle dans les branches ; raillerie plus qu'amour
« abonde ; reste tranquille, avec moi, près du foyer. »

« Mais j'entends un cri de renaissance ! J'entends un
long frémissement qui a fait bondir ma langueur ! J'entends
Mistral qui, avec courtoisie, convie toute la Provence à un
agreste festin de chansons.

« Autour d'Aubanel, qui couvre son front de son man-
teau, Roumanille conduit d'un bout la troupe des petits-
fils et des neveux qui bondissent en ronde... Allons,
mignonne ! Faisons encore un petit brin de farandole ! »

§ 4. — *Félix Gras* [1].

Félix Gras a des visées plus hautes que Mathieu ; il a
abordé le roman héroïque dans sa Geste provençale de
Toloza, poème en douze chants. Il raconte et glorifie la
lutte des Albigeois contre les Croisés ; il nous dit comment
le féroce Simon de Montfort « saccagea les monts, les
« terres, les plaines, les vallées, les châteaux, les murailles,
« les barbacanes, les ponts-levis, les créneaux, les mâchi-
« coulis », et comment tout le Midi fut « rouge de sang » [2]
Le poème nous représente le chevalier Pierret qui accomplit
des exploits merveilleux dans l'armée hérétique ; il aime
en même temps une guerrière, la belle Angélique, engagée
dans les troupes papales et persécutée à cause de lui par
son oncle, l'évêque de Cahors. Il meurt au dénouement,
ainsi que Simon de Montfort.

Il y a dans ce poème du souffle et de la vigueur ; le style
a de l'éclat, mais il est gâté par l'abus de l'archaïsme.
L'ensemble est touffu ; l'emploi répété des énumérations,

1. Né à Malemort en 1844.
2. Ch. VIII.

des massacres et du merveilleux, rend l'ouvrage monotone. Faut-il dire toute notre pensée ? Il a une valeur historique plutôt que littéraire ; c'est un pastiche élégant et très habile des anciennes chansons de gestes, mais il manque de la véritable originalité.

Les morceaux brillants n'y sont pas rares[1]. Voici le tableau de la défense de Toulouse :

« Le vieux comte de Toulouse, revenu de Rome, appelle ses chevaliers, ses comtes, ses barons. Chacun vient de son pays, le gonfalon au vent, monté sur un beau destrier, en superbe chevauchée. Et les chemins sont pleins des hommes d'Aragon, de Foix, de Roussillon et de Provence. Ils font tous belle contenance, avec leurs longs épieux, avec leurs blanches dagues... De jour, de nuit, à pleines portes, les beaux guerriers entrent dans la vaste cité... Ils ont mis bon espoir et bon courage dans le cœur du trop faible Raymond. Les Consuls libres et fiers, devant leurs bannières, en signe de respect ont incliné leurs barbes blanches et leurs fronts majestueux... Alors vont et viennent sur les remparts des archers de tous pays. Ils y sont par milliers,

1. Voir le massacre de Béziers (ch. II).

ils dressent leurs arbalètes et montent leurs pierriers :
on dirait la procession d'une vaste fourmilière. Les uns
vont, les autres viennent en sens contraire, chacun
portant sa poutre, son arme, son engin. C'est merveille de
les voir, gendres, pères, beaux-frères et grands-pères.
Pour défendre leurs libres croyances et leurs droits com-
munaux, sans murmure ni crainte, ils sont venus des
hautes Cévennes, du Ventoux sauvage, des noires Pyrénées : « La mort par le feu, la corde ou le couteau, plutôt
« que le tyran, ont-ils dit. Que le bourreau répande le sang
« de nos veines, ou que nous soyons maîtres dans nos
« cités ! » Voilà pourquoi des armées fortes, nombreuses
et superbes vinrent défendre la ville de Toulouse, la terre
du soleil et de la liberté[1] ! »

Ce sont là de nobles sentiments ; mais il est piquant de
remarquer que le félibrige, du moins à ses débuts, défen-
dait l'autorité monarchique et religieuse dans le présent,
tandis que, par une singulière contradiction, il exaltait
dans le passé l'indépendance des communes et celle de la
pensée.

1. Ch. VIII.

§ 5. — *Frédéric Mistral.*

Frédéric Mistral, né en 1830, à Maillane (Bouches-du-Rhône), « village du pays d'Arles, situé au centre d'une vaste plaine barrée au midi par les Alpilles bleues[1] », a toujours gardé, bien qu'il ait fait ses études de droit, le goût le plus vif pour les campagnes où s'est écoulée son enfance. Son père, dont il nous a laissé un portrait admirable et dont nous retrouvons les traits principaux dans Maître Ramon, exploitait lui-même ses domaines, « digne dans son langage, ferme dans son commandement, bienveillant au pauvre monde, rude pour lui seul[2] ». Mistral a pris modèle sur lui et n'a jamais voulu quitter son village, lorsque la gloire littéraire, qu'il ne cherchait pas tout d'abord, est venue à lui.

Il se lia, dès le collège, « en Avignon » (1845), avec Roumanille qui rêvait déjà le relèvement de l'idiome provençal. Neuf ans plus tard, il fondait avec lui le félibrige, et, en 1859, par la publication de *Mireille*, il devenait le Ronsard

1. Préface des *Iles d'or.*
2. *Ibid.*

de la nouvelle école. Il en est demeuré le *capoulié*, le chef incontesté, prenant la parole en son nom dans les réunions et les congrès avec une éloquence magistrale. Ses principales œuvres sont *Calendal* (1867), les *Iles d'or* (1875), et *Nerte* (1884).

Nous nous attacherons spécialement à *Mireille* qui nous paraît son œuvre caractéristique et capitale, bien qu'il l'ait composée dans sa jeunesse.

C'est un poème pastoral en douze chants. Les événements se déroulent aux environs d'Arles, dans une contrée pittoresque et aussi riche en légendes qu'en souvenirs historiques.

Les personnages sont de condition humble, et, si leur langue imagée rappelle celle des bergers de Théocrite, ils s'élèvent parfois jusqu'à la forte éloquence des héros homériques. Le poète se déclare, dès le début, l'humble écolier du grand Homère[1], mais il a composé, sans le vouloir peut-être, plutôt une idylle à dénoûment mystique qu'une véritable épopée.

---

1. « D'une année à l'autre (au collège), la sublime beauté des écrivains antiques pénétrait mon cœur, et dans Virgile et dans Homère je reconnaissais vivants les travaux, les idées, les coutumes et les mœurs du paysage maillanais. » (Préface des *Iles d'or*.)

En tout cas, elle vaut la peine d'être analysée en détail.

Ch. I. — Après une invocation au Christ « né parmi les pâtres », le poète nous présente maître Ambroise, le vieux vannier, et son fils Vincent qui vont demander l'hospitalité au mas des Micocoules. Maître Ramon, le chef de la ferme, les reçoit avec bonté ; Mireille, sa fille, âgée de quinze ans, les sert à la table rustique ; son portrait a une grâce toute locale : « Le gai soleil l'avait éclose... Ah ! dans un verre d'eau vous l'eussiez bue ! » Ambroise, ancien marin, exalte, le verre en main, dans une chanson pleine de verve, les exploits des Provençaux contre les Anglais, sous les ordres du bailli de Suffren. Ensuite les laboureurs vont conduire les bêtes à l'abreuvoir, et laissent Vincent qui raconte à Mireille sa vie aventureuse à travers le pays arlésien, les courses de Nîmes et les miracles opérés en Camargue dans le village des Saintes.

La jeune fille l'écoute avec ravissement. « Pour l'enfant d'un vannier, dit-elle à sa mère, il parle merveilleusement. Écoutons, écoutons-le encore. Je passerais, à l'entendre, mes veilles et ma vie. »

Ch. II. — Après cette exposition qui décèle la main d'un maître, nous assistons à la cueillette des feuilles de mûrier pour les vers à soie. Vincent venant à passer, Mireille l'appelle ; ils causent, tout en détachant les feuilles vertes ; le vannier trouve un nid de mésanges bleues et l'offre à la jeune fille.

C'est Mireille qui, la première, fait l'aveu de son amour : « et l'air limpide, et le gazon, et les vieux saules taillés furent clairement émerveillés de plaisir ». Vincent, le pauvre ouvrier, « un batteur de campagne » reste interdit, mais il ose enfin déclarer ses propres senti-ments à celle qu'il appelle « la reine du mas des Mico-coules ». Rien de plus frais et de plus vif que l'éclosion de cet honnête amour dans un cadre tout pastoral. « Chantez, chantez, magnanarelles[1], en défeuillant vos rameaux... »

Ch. III. — Un joyeux groupe de jeunes filles, chez Ramon, détachent des rameaux les cocons de vers à soie en compagnie de Tavèn, la sorcière du pays des Baux[2]. Les

1. Ouvrières des magnaneries.

2. Capitale d'une grande seigneurie au moyen âge, aujourd'hui misérable village perdu dans les rocs.

dépouilleuses de cocons, pour charmer les heures et l'ouvrage, rêvent aux belles châtelaines d'autrefois et aux fabuleuses cours d'amour ; tour à tour reines des Baux, de Provence et d'Arles, elles prononcent des jugements contre les amants perfides, non sans évoquer sous nos yeux « le gai royaume de Provence, tel qu'un clos d'oran- gers..., et le Rhône, où tant de cités, pour boire, viennent à la file, en riant et chantant, plonger leurs lèvres, tout le long..., et la Durance, cette chèvre ardente à la course, farouche, vorace, qui ronge en passant cades et argoussiers, cette fille sémillante qui vient du puits avec sa cruche, et qui répand son onde en jouant avec les gars qu'elle trouve par la route. »

Mireille, interrogée sur ce qu'elle aurait le mieux aimé étant reine, laisse deviner son secret, et voit son ami Vincent, « le va-nu-pieds », tourné en ridicule. Mais Tavèn, la sorcière, dont le rôle sera bientôt encombrant, leur impose silence en leur racontant une légende qui enseigne à ne pas se moquer des gens sur l'habit ; puis la jeune Nore dit la gracieuse chanson suivante :

MAGALI

« O Magali, ma bien-aimée, mets la tête à la fenêtre! Écoute un peu cette aubade de tambourins et de violons.

« Le ciel est là-haut plein d'étoiles. Le vent est tombé, mais les étoiles pâliront en te voyant.

« — Pas plus que du murmure des branches, de ton aubade je ne me soucie! Mais je m'en vais dans la mer blonde me faire anguille de rocher.

« O Magali, si tu te fais le poisson de l'onde, moi je serai le pêcheur, je te pêcherai!

« — Oh! mais si tu te fais pêcheur, quand tu jetteras tes verveux, je me ferai l'oiseau qui vole, je m'envolerai dans les landes.

« O Magali, si tu te fais l'oiseau de l'air, je serai, moi, le chasseur, je te chasserai.

« — Aux perdreaux, aux becs-fins, si tu viens tendre tes lacets, je me ferai, moi, l'herbe fleurie, et me cacherai dans les prés vastes.

« O Magali, si tu te fais la marguerite, je serai, moi, l'eau limpide, je t'arroserai.

« — Si tu te fais l'onde limpide, je me ferai, moi, le grand nuage, et m'en irai ainsi promptement en Amérique, là-bas, bien loin !

« O Magali, si tu t'en vas aux lointaines Indes, je serai, moi, le vent de mer, je te porterai !

« — Si tu te fais le vent marin, je fuirai d'un autre côté, je me ferai l'échappée ardente du grand soleil qui fond la glace !

« O Magali, si tu te fais le rayonnement du soleil, je serai, moi, le vert lézard, et te boirai.

« — Si tu te rends la salamandre qui se cache dans le hallier, je me rendrai, moi, la lune pleine qui éclaire les sorciers dans la nuit !

« O Magali, si tu te fais lune sereine, je deviendrai, moi, belle brume, je t'envelopperai.

« — Mais si la brume m'enveloppe, pour cela tu ne me tiendras pas ; moi, belle rose virginale, je m'épanouirai dans le buisson !

11

« O Magali, si tu te fais la rose belle, je serai, moi, le papillon, je te baiserai.

« — Va, poursuivant, cours, cours! jamais, jamais tu ne m'atteindras. Moi, de l'écorce d'un grand chêne, je me vêtirai dans la forêt sombre.

« O Magali, si tu te fais l'arbre des mornes, je serai, moi, la touffe de lierre, je t'embrasserai!

« — Si tu veux me prendre à bras-le-corps, tu ne saisiras qu'un vieux chêne... Je me ferai blanche nonnette du monastère du grand Saint-Blaise!

« O Magali, si tu te fais nonnette, moi, prêtre, à confesse je t'entendrai!

« — Si du couvent tu passes les portes, tu trouveras toutes les nonnes autour de moi errantes, car en suaire tu me verras!

« O Magali, si tu deviens la pauvre morte, adonc je me ferai la terre, là je t'aurai!

« — A la fin, je commence à croire que tu ne me parles pas en riant. Voici mon annelet de verre pour souvenir, beau jouvenceau!

« O Magali, tu me fais du bien !... Mais, dès qu'elles t'ont
vue, vois les étoiles, comme elles ont pâli ! »

Ch. IV. — Les trois premiers chants, à notre avis, sont
les plus séduisants et nous paraissent supérieurs à tous
les autres. Mais poursuivons. Trois prétendants demandent
la main de Mireille : le berger Allari, possesseur d'un riche
troupeau longuement décrit, offre à la jeune fille « une
coupe taillée par lui-même dans le buis vif » et ornée de
figurines ciselées avec art; mais il est éconduit. Véran,
gardien de chevaux dans la Camargue, est agréé par maître
Ramon, qui consulte sa fille, mais celle-ci demande à ne
pas quitter encore la maison paternelle. Arrive enfin
Ourrias, le célèbre dompteur de taureaux, tout fier de sa
fortune; le poète s'occupe de lui avec complaisance et lui
donne un rôle important, comme on pourra le voir.

Parmi les opérations pastorales de la Provence, si inté-
ressantes à observer, il en est une qui a lieu dans la Camargue, île très vaste formée par la bifurcation du Rhône et
qui s'étend depuis la ville d'Arles jusqu'à la mer. La *ferrade*
consiste à rassembler les bœufs sauvages dans un espace
étroit pour les marquer d'un chiffre avec un fer rouge.

Cette coutume pittoresque a été décrite par le poète avec des couleurs aussi brillantes que précises.

« Né dans le troupeau, élevé avec les bœufs, Ourrias avait des bœufs la structure, l'œil sauvage, le teint noir, l'air revêche et le caractère dur. Un gros bâton à la main, le vêtement jeté à terre, combien de fois, rude au sevrage des jeunes veaux, ne les avait-il pas arrachés des mamelles de leurs mères avec un cruel emportement! Combien de fois n'avait-il pas rompu une brassée de gourdins sur la mère en courroux, jusqu'à ce qu'elle prît la fuite loin des coups, hurlante et retournant la tête entre les jeunes pins!

« Combien de bouvillons et de génisses dans les fer-rades camarguaises n'avait-il pas renversés par les cornes! Aussi, entre les sourcils, en gardait-il une balafre sembla-ble au nuage que la foudre déchiquète; et jadis les sali-cornes et les traînasses s'étaient teintes de son sang ruisselant.

« C'était un beau jour de grande ferrade. Pour rassem-bler les bœufs, les villages des Saintes, de Faraman, d'Aigues-Mortes, d'Albaron avaient envoyé dans les friches cent de leurs plus fermes cavaliers. Cependant vers l'endroit déterminé, où un peuple en délire encombre un vaste cirque, taureaux et taures, éveillés en sursaut dans la plaine salée, poursuivis du trident dont le bouillant toucheur les aiguillonne au galop, accouraient dans leur course folle, comme le rugissement du vent, écrasant typhas et centaurées : trois cents étaient déjà rassemblés pour recevoir la marque du fer.

« La multitude cornue s'arrête, effarée et muette. Mais, l'arme dans les côtes, à hâte d'éperons, trois fois encore les cavaliers lui font battre le circuit de l'amphithéâtre, tels que le chien lancé après les martres, ou l'aigle du mont Luberon après les crécerelles.

« Qui le croirait? Contre la coutume, Ourrias descend de sa cavale. Entassés aux portes de l'arène, les bœufs soudain s'ébranlent terriblement, et dans le cirque l'on voit s'élancer d'un bond terrible cinq bouvillons dont les yeux flamboient et qui trouent le ciel de leurs têtes superbes. Ourrias se précipite comme le vent qui pourchasse les nuages; il les suit à la course, à la course les pique ; tantôt il les heurte de la lance, tantôt il danse devant eux, et tantôt il les gourmande d'un vigoureux coup de poing.

« Oh! alors tout le peuple bat des mains. Ourrias, blanc de la poussière olympique, enfin en a saisi un par les cornes, à la course ; les voilà tête et mufle, force à force ; le monstre noir veut dégager ses cornes retroussées, il tord sa croupe, il mugit de fureur, il renifle sang et fumée. Fureur vaine, inutiles bonds ! Le bouvier, d'un coup ingé- nieux, appuie à son épaule, en lui tordant le cou, l'horrible tête de la brute ; et, tandis qu'il pousse le bœuf rudement et en sens contraire, chrétien et bête roulent à terre comme un bloc de muraille.

« Une clameur frénétique fait trembler les tamaris : *Bon homme, Ourrias! bon homme!*... Et cinq gars aux larges épaules tiennent le taureau. Pour lui marquer le baptême de sa victoire, Ourrias lui-même prend le fer et avec le fer brûlant lui entaille la croupe. Un vol de filles d'Arles, en selle, le sein fortement agité, tout empour- prées du galop de leurs cavales blanches, viennent lui apporter une grande corne débordante de vin ; puis, dans

la plaine, alerte! le tourbillon de nouveau s'évapore. Un
vol de cavaliers les suivent dans la poussière brûlante.

Le bœuf l'enlève de terre et le lance dans les airs.

« Ourrias ne voit que bœufs à terrasser. Quatre
restaient encore; mais, comme le faucheur plus ardent à
abattre le foin à mesure qu'il y en a davantage, il tenait

tête aux violents efforts du combat ; c'est ainsi qu'il énerva les reins de quatre taureaux. Le dernier, tacheté de blanc, avec des cornes superbes, tondait le gazon : « Ourrias, « assez, assez ! » lui crièrent les vieux vachers. Vaine barrière à son ardeur ! sur le taureau aux blanches taches, le trident posé sur la hanche, moite de sueur, la poitrine nue, il fondait déjà.

« Vlan ! comme il l'atteint en plein mufle, le trident vole en éclats ; l'atroce blessure affole le taureau ; le toucheur, d'un bond, l'ayant saisi aux cornes, ils partent ensemble, et ensemble ils ravagent les salicornes de la plaine. A cheval, appuyés sur la longue hampe de leurs aiguillons, les vachers d'Arles et d'Aigues-Mortes contemplaient la forte lutte : tous deux furieux et acharnés pour la victoire, l'homme domptant le bœuf qui mugit, le bœuf entraînant le dompteur et, de sa langue épaisse, écumeuse, léchant dans la course son mufle ensanglanté.

« Miséricorde ! le taureau l'emporte ! Comme une vile râtelée, l'homme a roulé devant lui, entraîné par l'élan. — « Fais le mort ! fais le mort ! » — Le bœuf l'enlève de terre avec les pointes de sa tête sauvage et le lance dans les airs, en arrière à sept cannes[1] de haut! Une frénétique clameur fait trembler les tamaris. Au loin le malheureux va tomber, la face contre terre, brisé. Depuis lors, il portait la cicatrice qui le défigurait[2]. »

Tel est le troisième prétendant qui se présente « monté sur une cavale, armé de sa pique ». Il trouve Mireille à la fontaine et lui demande sa main; elle l'irrite par son dédain : « Vous aurez mon amour, dit-elle; mais auparavant votre trident jettera des fleurs, ces collines s'amolliront comme la cire, et l'on ira par mer à la ville des Baux! »

1. A quatorze mètres environ.

2. « Ce Rhône, emporté comme un taureau qui a vu du rouge, vient donner contre un delta de la Camargue, l'île des noirs taureaux et des étalons indomptés. Le pâtre, monté sur un de ces étalons sauvages, surveille son troupeau qui paît les roseaux et les oseraies, plongé dans le marais jusqu'au poitrail, comme le buffle dans la campagne de Rome. L'île avait aussi sa fête, c'était la *Ferrade*. Un cercle de chariots était chargé de spectateurs. On y poussait à coups de fourche les taureaux qu'on voulait marquer. Un homme adroit et vigoureux renversait le jeune animal, et, pendant qu'on le tenait à terre, on offrait le fer rouge à une dame invitée; elle descendait et l'appliquait elle-même sur la bête écumante. Voilà le génie de la basse Provence, violent, bruyant, barbare, mais non sans grâce. » (Michelet, *Notre France*.)

Ch. V. — Le bouvier s'en va ruminant une vengeance. A sa rencontre vient l'heureux Vincent qui rêve à son amour et aux longues causeries avec Mireille. Tout d'un coup, Ourrias l'aborde et le provoque insolemment. Une lutte s'engage, longue, terrible et dépeinte avec les traits d'une énergie rustique. De rudes gourmades sont échangées de part et d'autre ; enfin le vannier « allonge un mortel coup de poing dans la poitrine » du sauvage Camarguais. Vincent, satisfait de sa victoire, abandonne son ennemi ; mais celui-ci, se relevant, le poursuit avec son trident et le lui plonge lâchement dans la poitrine. Puis il s'enfuit vers le Rhône au galop de sa jument, et demande le passage à trois bateliers. Mais, par un prodige, la barque fléchit sous le poids de l'assassin ; c'est la nuit de saint Médard pendant laquelle « les malheureux noyés doivent revenir sur terre des gouffres affreux et des tourbillons sombres, dans quelques profondeurs que l'eau les ensevelisse ». Ils cherchent les bonnes œuvres « qu'ils ont semées à leur passage sur la terre » ; ceux qui n'en trouvent point sont engloutis de nouveau ; les autres montent au Paradis.

Cependant Ourrias épouvanté, livide, cherche à vider l'eau de la barque, mais en vain ; il est noyé au fond du

Rhône. Cette scène, mêlée d'une sorte « *d'horreur* » religieuse, est vraiment pathétique; le merveilleux est admirablement manié dans le châtiment du coupable. Il n'en
sera plus de même dans la suite du poème.

Ch. VI. — Dès l'aube, trois porchers, voyageant dans
le désert de la Crau, trouvent le pauvre Vincent étendu sur
le sol et déjà un peu ranimé par la fraîcheur de la nuit. Ils
le transportent aux Micocoules; Ramon et sa fille lui pro-
diguent leurs soins; il semble revivre aux douces paroles
de Mireille.

Pour achever la guérison, il se rend à la grotte des
Fées, dans le vallon d'Enfer, au sauvage pays des Baux.
Mireille l'y accompagne auprès de Tavèn. Ici commence,
dans un style pénible, une série de scènes où s'étale une
sorcellerie prolixe et tout au moins fantastique : nous n'y
suivrons pas le poète. Comme la sibylle de Cumes dans
Virgile, la sorcière, après avoir « charmé » la blessure de
Vincent, se livre à des prédictions obscures.

Ch. VII. — L'inspiration du poète se relève dans le
chant consacré aux vieillards. Maître Ambroise, cédant aux

prières de son fils, va demander la main de Mireille.
C'était pendant la moisson; Ramon dirigeait les travail-
leurs. Lisez le portrait qu'en a tracé le poète :

« Dans la noble et grande science qui est nécessaire
pour conduire une ferme, pour commander, pour faire
éclore, sous la sueur qui ruisselle, l'épi blond sur les
mottes noires, nul ne pouvait se vanter d'en savoir comme
maître Ramon.

« Sa vie était patiente et sobre. A la vérité, ses longs
labeurs et le poids des ans l'avaient un peu courbé; mais
au temps où les aires sont pleines, maintes fois, à la face
des jeunes valets, fier et allègre, il portait encore sur la
paume des mains deux pleins setiers de blé!

« Il connaissait l'influence de la lune, lorsqu'elle est
bonne ou mauvaise, lorsqu'elle pousse la sève ou qu'elle
l'arrête...

« Dans une terre labourable, quand la culture se fait
au temps propice, j'ai vu parfois attelées à la charrue six
bêtes grasses et nerveuses : c'était un merveilleux spec-
tacle! La terre friable, lentement et en silence, devant le
soc s'entr'ouvrait au soleil. Les six mules, belles et saines,

suivaient l'alignement des sillons ; elles semblaient, en
tirant, comprendre pourquoi faut-il que la terre soit
labourée : sans marcher trop lentement, sans courir,
baissant le museau vers le sol, attentives et le cou tendu
comme un arc. Le fin laboureur, l'œil sur la raie, et la
chanson aux lèvres, allait à pas tranquilles, en tenant seulement le manche droit.

« Ainsi était le tènement qu'ensemençait maître Ramon
et qu'il dirigeait, magnifique, tel qu'un prince dans son
royaume. »

Ambroise, admis à sa table, lui raconte que, contre
son gré, son fils aime une jeune fille d'une famille « de
riches tenanciers » et qu'il mourra s'il ne l'épouse point.
Ramon lui répond gravement que le fils doit obéir :
« Qu'à son père, de notre temps, un fils regimbât ! il l'eût
tué peut-être... » Mireille toute blême s'écrie alors : « Vous
me tuerez donc, mon père ! C'est moi que Vincent aime... »
Pour ces fatales paroles, elle est maudite par ses vieux
parents ; Ramon s'oublie jusqu'à outrager son hôte, le
vannier, qui, dans sa noble indignation, rappelle ce qu'il a
fait comme mousse sous les ordres de Suffren, et comme

soldat dans les guerres napoléoniennes ; puis il se retire. Après son départ, suivant l'usage traditionnel, les moissonneurs font la farandole autour du feu de la Saint-Jean.

Ch. VIII. — Dans cette deuxième partie du poème, malgré des morceaux de choix, nous ne retrouvons plus la vigueur et l'originalité des premiers chants. L'intérêt faiblit au lieu de grandir ; l'abus du mysticisme et l'incertitude d'une langue inhabile dans l'expression des idées générales imposent à notre admiration bien des réserves.

Dans son désespoir, Mireille prend la résolution de courir aux Saintes afin de trouver un soulagement à ses maux. Elle part pendant la nuit, oubliant « son petit chapeau à grandes ailes pour se garantir des mortelles chaleurs du soleil ». La voilà bientôt à travers « la Crau immense et pierreuse ». Mais une soif ardente la saisit ; elle peut enfin se désaltérer à un vieux puits ; le petit Andreloun, fils d'un pêcheur, qui se trouvait par là, lui demande si elle a vu la ville d'Arles. « Jamais », répond Mireille.

« Quoi ! Vous n'avez jamais été en Arles ? — J'y suis

« allé, moi qui vous parle. Ah ! pauvrette, si vous saviez la
« grande ville que c'est. Arles ! si loin elle s'étend que du
« grand Rhône plantureux elle tient les sept embou-
« chures... Elle a des bœufs marins qui paissent dans les
« îlots de sa plage ; elle a sa race de chevaux sauvages ;
« Arles, en un seul été, moissonne assez de blé pour se
« nourrir, si elle veut, sept ans de suite ! Elle a des pêcheurs
« qui lui charrient[1] de toute part ; elle a des navigateurs
« intrépides qui vont affronter les tourbillons des mers
« lointaines... »

« Et tirant merveilleusement gloire de sa patrie ensoleillée, il disait, le gentil gars, en sa langue d'or, et la
mer bleue qui tremble et le Mont-Majour... et le beugle-
ment que fait ouïr le butor dans les marécages.

« Mais, ô cité douce et brune, ta merveille suprême, l'enfant oublia de la dire : le ciel donne, ô féconde terre arlé-
sienne, la beauté pure à tes filles, comme les raisins à l'au-
tomne, les senteurs aux montagnes et les ailes à l'oiseau. »

Mireille demande à traverser le Rhône ; mais le petit
pêcheur lui raconte la légende du Trou de la Cape pour

1. Du poisson. Provençalisme.

la détourner de son projet. Elle passe la nuit sous la tente
de la famille d'Andreloun.

Ch. IX. — « Les grands micocouliers pleurèrent;
affligées, les abeilles s'enfermèrent dans leurs ruches,
oubliant le pacage plein de tithymales et de sarriettes.
« N'avez-vous point vu où est Mireille? » demandaient les
nymphœas aux gentils alcyons bleus, habitués du vivier. »
Ramon aussi et sa femme pleurent Mireille avec des
larmes de désespoir; il envoie un messager pour convo-
quer les faucheurs, les laboureurs, les bergers de la ferme,
ce qui nous vaut une série de descriptions champêtres,
agréables à lire et relevées de traits pris sur le vif.
Ainsi, à propos des meules de gerbes entassées dans la
plaine, « cela, ressemblait, dit-il, par les champs, aux
pavillons d'un camp de guerre, comme celui de Beaucaire autrefois, quand Simon et la Croisade française,
avec le légat qui les commandait, vinrent, impétueux, à
toute horde, égorger le comte Raymond et la Provence. »
Dès que l'assemblée rustique est réunie, le chef des
moissonneurs, le faucheur et le chef des garçons de charrue racontent à leur maître, un peu longuement, il est

vrai, qu'ils ont vu des présages funestes ; enfin le berger
Anselme assure qu'il a aperçu Mireille allant vers les
Saintes-Maries. La femme de Ramon exhale sa douleur et
part avec sa famille à la recherche de la fugitive.

Ch. X. — Cependant Mireille, sur la barque du petit
Andreloun, passe le Rhône et s'élance dans la vaste
Camargue ; mais bientôt, frappée d'un coup de soleil, elle
tombe évanouie sur les bords de l'étang du Vaccarès.
Elle est rappelée à la vie par un essaim de moustiques, et,
chancelante, « la pèlerine d'amour » se traîne jusqu'à
l'église des Saintes-Maries. Après leur avoir fait une prière
touchante, elle tombe en extase. Les Saintes la consolent
et lui rappellent que nul ne peut ici-bas goûter le bonheur.

Ch. XI. — Puis elles lui racontent leur propre histoire.
Après la mort du Christ, quittant la Judée, elles s'embar-
quèrent avec plusieurs disciples de Jésus. A la suite d'une
terrible tempête, elles se trouvèrent en Arles. Trophime
convertit les Arlésiens ; Marthe délivra Tarascon d'un
monstre appelé la Tarasque et convertit Avignon ; Martial
se rendit à Limoges, Saturnin, à Toulouse, Lazare, à Mar-

12

seille, Madeleine, dans la grotte de la Sainte-Baume, et
Maximin, à Aix; les Saintes-Maries choisirent le pays des
Baux. « Comme en tout ce qui tombe, bientôt, ajoutent-
elles, l'oubli cacha nos tombeaux. La Provence chantait,
et le temps courut; et, de même qu'au Rhône la Durance
perd à la fin son cours, le gai royaume de Provence dans
le sein de la France à la fin s'endormit. »

Ch. XII. — Après ce discours original à divers titres,
mais d'un ton languissant, elles s'envolent dans le Ciel.
La mère de Mireille arrive; la jeune fille est transportée
dans la chapelle haute où sont les reliques sacrées. Ses
parents implorent les Saintes pour sa guérison, avec le
malheureux Vincent dont le désespoir touche les assis-
tants; Mireille, dans son délire religieux, le reconnaît;
après avoir consolé son vieux père et Vincent lui-même,
elle meurt en souriant.

Pendant ce temps-là, dans la vieille église, les chants
sacrés continuaient : « O belles Saintes, Souveraines des
plaines amères, vous remplissez, quand il vous plaît, nos
filets de poissons. Mais à la foule pécheresse qui se

lamente devant votre porte, ô blanches fleurs de nos

Mort de Mireille.

landes salées, si c'est la paix qu'il faut, de paix emplis-
sez-la! »

Tel est ce poème, d'un souffle inégal, œuvre maîtresse

du chef des félibres, et qui eût fixé la langue provençale, si des causes multiples ne la vouaient à une ruine inévitable et prochaine.

Lamartine, dans ses *Entretiens*, salua son apparition en des termes qui paraissent aujourd'hui excessifs, même aux admirateurs de Mistral, et j'en suis :

« Un grand poète épique est né. La nature occidentale n'en fait plus, mais la nature méridionale en fait toujours : il y a une vertu dans le soleil. Un vrai poète homérique[1] dans ces temps-ci; un poète né, comme les hommes de Deucalion, d'un caillou de la Crau; un poète primitif dans notre âge de décadence; un poète grec à Avignon ; un poète qui crée une langue d'un idiome, comme Pétrarque a créé l'italien;... un poète de vingt-cinq ans qui, du premier jet, laisse couler de sa veine, à flots purs et mélodieux, une épopée agreste où les scènes descriptives de l'*Odyssée* et les scènes innocemment passionnées de *Daphnis et Chloé*, mêlées aux saintetés et aux tristesses du christianisme, sont chantées

1. Il avait déjà employé des expressions semblables à l'égard de Jasmin.

avec la grâce de Longus et avec la majestueuse simplicité de l'aveugle de Chio, est-ce là un miracle ? Eh bien ! le miracle est dans ma main ; que dis-je? il est déjà dans ma mémoire; il sera bientôt sur les lèvres de toute la Provence[1]. »

Malgré l'incohérence et l'exagération de ce langage, l'article fit grand bruit à cause du nom illustre qui l'avait signé.

Un nouvel Homère, un nouveau Dante nous était-il né? La langue provençale venait-elle de recevoir une forme classique et définitive?

Dans la première heure de l'enthousiasme, bien des félibres le crurent. Ce jugement n'a pas été ratifié. D'ailleurs, un critique bienveillant pour la littérature méridionale, M. Saint-René Taillandier, avait, dès le début, donné la note juste[2], et mis dans son vrai jour, ce poème gracieux assurément et original, mais qui n'est pas une épopée.

1. Mistral a publié une belle ode sur la mort de Lamartine (1869), qu'il appelle « son maître et son père, lui, cette grande source de pure poésie qui avait rajeuni l'âme de l'Univers ». (Les *Iles d'or*.)

2. *Revue des Deux-Mondes*, n° du 15 octobre 1859.

Cette œuvre restera toutefois comme l'expression la plus complète et la plus élevée de la renaissance provençale. Elle a obtenu en 1861 de l'Académie française un prix et une récompense de 3,000 francs, sur le rapport de Villemain. Plus tard, un musicien célèbre, Charles Gounod, à l'âme tendre et religieuse, en a fait un opéra qui est fort goûté.

Rien n'a manqué à la gloire de Mistral, sauf peut-être ce qu'il aurait le plus ambitionné : le suffrage vraiment populaire, celui des pâtres et des laboureurs[1]. M. Villemain a dit finement : « La naïveté du texte et même de la traduction littérale pourrait sembler suspecte d'un peu d'artifice, et la foi du moyen âge plus extérieure que sentie. » Le poète a obtenu du moins l'admiration des délicats et de tous ceux qui goûtent la littérature provençale : dans tous les cas, le charme et l'originalité de ce poème, sentis même à travers une traduction, sont faits pour entretenir l'illusion de ceux qui, malgré tout, ont foi dans son avenir.

1. « Nous ne chantons que pour vous, bergers et habitants des mas. » (Ch. Iᵉʳ.)

Les développements donnés à notre étude sur *Mireille* nous imposent l'obligation de passer rapidement sur les autres ouvrages de Mistral.

Avec *Calendal*, il a voulu s'élever jusqu'au poème épique et aux aventures véritablement héroïques; il s'est souvenu des anciennes chansons de geste où la poésie est mêlée au roman.

« Confronter d'une part le moyen âge et le xviii° siècle, de l'autre, la corruption des hautes classes et la saine vigueur du peuple de Provence, telle est la double inspiration de l'auteur[1]. »

Le brave Calendal, né à Cassis, en Provence, veut, simple pêcheur, mériter par ses exploits chevaleresques la main d'Esterelle, fille du prince des Baux : voilà le sujet.

L'horizon est plus vaste que dans *Mireille* et les ambitions du poète plus hautes. Toutefois on a pu lui reprocher la monotonie dans les scènes et l'invraisemblance de certaines situations. Il y a sans doute de beaux morceaux[2];

1. Saint-René Taillandier.
2. Voir ci-dessus l'invocation à la Provence.

mais on sent l'effort; la verve ne se soutient pas; les
défaillances ne sont pas rares, et parfois l'inspiration
trahit une volonté qui, parmi ses visées les plus généreuses, s'oublie dans des développements diffus et senten
cieux.

Le volume intitulé les *Iles d'or*[1] offre une grande
variété de morceaux, parmi lesquels il faut remarquer « Le
tambour d'Arcole », l' « Hymne au soleil », la « Coupe »,
la « Mort de Lamartine ».

Mais ce qui mériterait le plus d'être mis en lumière,
c'est la Préface en prose qui est un véritable manifeste
« donnant l'explication de la voie qu'a tenue » le poète
depuis 1859 jusqu'en 1875. Il s'exprime avec l'autorité
sereine d'un chef qui, après avoir conduit les soldats à la
victoire, se félicite avec eux du chemin parcouru et des
obstacles brisés par un effort commun. L'on sent qu'il
envisage l'avenir avec une confiance que rien ne saurait
ébranler. Je ne quitterai pas ce volume sans citer une
courte pièce et des plus gracieuses :

1. « Nom de ce petit groupe d'îlots arides et rocheux que le soleil dore sur
la plage d'Hyères. » (Préface.)

LES ENFANTS D'ORPHÉE [1]

« Nous sommes les rejetons de la Grèce immortelle, nous sommes tes enfants, Orphée, homme divin ! Car nous sommes tes fils, ô Provence comtale, et notre capitale est Marseille, qui en mer voit s'ébattre les dauphins.

« Chantons la gloire de nos pères qui dans l'histoire ont fait leur trou, et qui toujours, nous disent les livres, sont restés libres comme la mer et le mistral.

« Jusqu'où le soleil se lève et jusqu'où il se cache, immenses mers, vous portez nos marins ; mais les contrées les plus riches du monde, avec leur opulence, ne font jamais oublier le son du tambourin.

« Marseille, ardente et joyeuse, travaille au grand soleil, hiver comme été ; elle tient à la bouche une fleur d'acacia, et ne ferme les cils que devant la splendeur de la mère de Dieu.

« Chantons la gloire de nos pères qui dans l'histoire ont fait leur trou, et qui toujours, nous disent les livres, sont restés libres comme la mer et le mistral. »

1. Chœur chanté à Marseille en 1867 au bénéfice de l'insurrection candiote.

Le poème en sept chants de *Nerte* n'a rien ajouté à la gloire du chef des félibres.

Le diable et les sorciers y jouent un rôle excessif et même fatigant. Les tendances mystiques, indiquées déjà dans *Mireille*, s'accusent encore et semblent être devenues un système.

Mistral est resté pour bien des gens l'auteur de *Mireille*, considérée comme son « Cid ». Est-ce à tort, est-ce à raison ? Je l'ignore. Mais je crois que ce n'est pas au détriment de sa réputation.

Il a traduit lui-même ses œuvres en français ; on peut lui reprocher des efforts laborieux qui, pour sauver la couleur locale, amènent sous sa plume bien des tournures bizarres ; mais sa langue n'en est pas moins vigoureuse et d'une fière allure ; l'on sent qu'elle est maniée par un maître.

Ce n'est pas ici le lieu d'apprécier ses recherches de linguistique dans son *Dictionnaire de la langue d'oc*, travail de longue haleine, qui servira de pâture aux futurs érudits, résolus à pâlir sur tant d'œuvres remarquables, mais obscures et (nous le craignons) éphémères.

CHAPITRE III

DU PATOIS DANS LES ÉCOLES.

Les félibres, enivrés par leurs triomphes et pleins de foi dans l'avenir de la langue provençale, ont prononcé des paroles à la fois imprudentes et naïves. Aubanel, avec une emphase hors de saison, s'écriait à Forcalquier en 1875 : Écoutez, ô gouvernants, maîtres d'écoles et maîtres des hommes... Nous sommes un grand peuple. Trente départements parlent notre langue d'une mer à l'autre, des Pyrénées aux Alpes, des landes de la Crau aux plaines du Limousin... Sachez que vous [1] serez tombés depuis longtemps, alors que le provençal, toujours jeune, parlera encore de vous avec pitié ! » En vérité, on sourit plutôt qu'on ne s'indigne, en lisant des prédictions aussi funèbres à l'adresse d'une littérature qui a produit

1. Apparemment les Français !...

Pascal et Bossuet, Corneille et Racine, Voltaire et Victor
Hugo. Un avenir prochain réserve de cruels mécomptes à
ceux qui refusent de voir que le provençal n'a ni grammaire, ni règles précises, ni point d'appui sérieux dans le
peuple. Il est un fait curieux et conforme d'ailleurs à la
logique des langues destinées à disparaître : l'idiome provençal se décompose et se « francise », à mesure que les
lettrés veulent le reconstituer et le fixer dans leurs ouvrages.
C'est le peuple qui fait la langue, ce ne sont point les
savants : il y a beau temps que les critiques l'ont
démontré.

Les félibres les plus en vue parlent une langue artificielle à l'usage des amateurs, comme les humanistes de la
Renaissance, au XVIᵉ siècle, écrivaient un latin aussi élégant que celui de Cicéron, auquel il ne manquait que la
vie. Ils ne sont pas compris des pauvres gens, et les lettrés
eux-mêmes ne peuvent les lire sans le secours d'une
traduction française. Dans ces conditions, ils seront
impuissants à conjurer le sort qui attend le provençal.
Qu'ils s'en consolent par avance, en songeant que la langue
française, au contraire, est vivante et immortelle, et que
l'unité du langage fortifie et assure l'unité de la patrie.

De plus, à ces considérations générales, se rattache
une question que je veux discuter brièvement : c'est l'emploi du patois dans les écoles. Les félibres l'ont traitée à
un point de vue qui n'est pas le mien. Ils ont revendiqué
bien des fois pour nos maîtres le droit d'enseigner le provençal aux enfants ; pendant les fêtes récentes d'Avignon[1], Mistral, leur chef, a de nouveau affirmé cette
prétention avec la plus grande énergie. C'est une illusion
que nous croyons facile à détruire dans les esprits non
prévenus.

L'on nous dit : Nodier, dès 1834, signala la nécessité
de l'étude des patois pour connaître et mieux apprendre
la langue française[2]. — Oui, si vous vous adressez à des
érudits et à des grammairiens. Mais quand vous parlerez
aux élèves de nos écoles primaires, vous n'aurez pas besoin
de cet étalage scientifique, et vous vous estimerez fort
heureux de leur enseigner à parler et à écrire correcte-
ment le français. Si l'on ajoute que Littré n'a pas négligé
ce point de vue, nous dirons qu'il a eu raison de mettre à
profit l'étude des patois pour expliquer certains mots et

1. En septembre 1888.
2. Tavernier.

découvrir des étymologies obscures. Mais l'on avouera sans peine que de telles études conviennent aux étudiants des Facultés, non aux écoles de nos campagnes.

Il est un nom que l'on met encore en avant, c'est celui de Jules Simon, l'auteur de la circulaire du 27 septembre 1872. Nous y trouvons en effet le conseil suivant sur l'enseignement de la grammaire :

« Au lieu de ces règles étranges qui semblent ne s'appuyer que sur le caprice, empruntons à l'étude savante des langues quelques faits positifs et quelques lois absolues. »

Le conseil est excellent, mais il s'adresse aux professeurs de nos lycées, non aux instituteurs, desquels l'on ne songe pas à exiger la connaissance des langues comparées. Le solide jugement de Jules Simon et son expérience lumineuse n'ont eu garde de tomber dans l'erreur pédagogique qu'on lui attribue gratuitement. Toute l'Université est d'accord avec lui.

L'on a encore prétendu que, dans le Midi, la plupart des élèves ruraux ne comprenant pas le français, l'instituteur est bien obligé d'user avec eux du patois. — Cela est faux. Ce n'est, au contraire, qu'une infime minorité qui se trouve dans cette situation, précisément parce que depuis longtemps l'usage du patois est interdit. Est-ce à dire que l'instituteur, dans un cas particulier, ne pourra se servir d'un mot provençal pour être mieux compris, ou pour expliquer avec plus de précision une expression française ? Non assurément. Mais ce sera là une pure exception, compatible avec l'usage ordinaire du français.

Si nous voulons que nos enfants écrivent convenablement la langue nationale, il faut qu'ils la parlent constamment à l'école. Quant au provençal, n'ayez cure : ceux qui le comprennent encore ne l'oublieront pas de si tôt. Ils s'en souviendront plus tard, si dans nos Facultés ils veulent se livrer aux études philologiques et à la comparaison des idiomes.

Après les dures leçons de l'histoire, il faut reconnaître enfin que tous les Français doivent parler le français. Au moyen âge, dans la même nation, « la diversité des langues était une terrible barrière entre les hommes, une des causes pour lesquelles ils se haïssaient sans savoir pourquoi. Elle rendait la guerre plus cruelle qu'on ne peut

se le figurer. Nul moyen de s'entendre, de se rapprocher
Le vaincu qui ne peut parler se trouve sans ressources ; le
prisonnier, sans moyen d'adoucir son maître. L'homme
à terre voudrait en vain s'adresser à celui qui va l'égorger. L'un dit : Grâce ! — L'autre répond : Mort ![1] » Il suffit
de se rappeler la guerre des Albigeois.

Les liens créés par une même langue sont si forts
qu'ils ont pu servir de prétexte aux annexions violentes ;
après la guerre de 1870, la Prusse a abusé de cet argument
pour essayer de justifier la conquête de l'Alsace. Aussi, Fr.
Sarcey a-t-il raison de dire qu'au XVIIᵉ siècle nous eûmes
tort de tolérer l'usage du patois allemand dans ce pays.

Et, s'il faut donner un autre exemple, ne fournissons
pas à nos voisins des Alpes un prétexte spécieux tiré de la
ressemblance du provençal et de l'italien. Profitons des
renseignements du passé.

Au moment où l'expansion coloniale ouvre des routes
nouvelles à la propagation de la langue française, pré-

1. Michelet, *Notre France*. — « La langue doit être comme la République ;
du Nord au Midi, sur toute l'étendue du territoire, il faut que les discours,
comme les cœurs, soient à l'unisson. » (Adresse aux Français présentée par
Grégoire à la Convention, 1794.)

servons-la chez nous avec un soin jaloux de la moindre atteinte et gardons-la dans son intégrité. « La langue, a-t-on dit, est le plus sûr véhicule des idées, des mœurs et de la civilisation d'un peuple [1]. »

Ajoutons qu'elle est la condition indispensable au maintien de son unité. Il faut, et cela sera, que l'anniversaire de la Révolution française trouve tous les Français unis étroitement par le cœur et le langage, dans un même sentiment de solidarité, devant leurs amis et leurs ennemis.

1. Sarcey.

En faisant nos réserves à l'égard des théories qui pourraient toucher aujourd'hui à l'unité de la langue et de la nation, nous avons pu admirer à notre aise les monuments anciens et nouveaux de la littérature provençale. Nul plus que nous n'en a goûté la vigueur et la grâce, et nous serions heureux d'en avoir inspiré à nos lecteurs, jeunes et autres, l'admiration réfléchie.

Mais l'impitoyable réalité des faits nous force à dire que la langue romane, illustrée par les anciens troubadours, ne relève plus que des érudits, et que le provençal ressuscité par les félibres est simplement un idiome de convention, luxe non dangereux d'amateurs délicats et distingués.

Il s'en va, le provençal appris sur les genoux de nos mères, il s'en va en poussière, émietté par une fatalité inéluctable. Nos enfants ne le bégaieront que d'une voix indécise, réservant leur amour et leurs heures studieuses pour la langue nationale, celle dont les sons mâles et compris de tous les auront préparés aux revanches futures.

Toutefois, il faut le reconnaître, le deuil de la littérature provençale aura été mené par un poète de race, le noble Mistral, qui l'eût sauvée de la ruine, si elle avait pu l'être, et qui dans sa tombe emportera un jour, pour l'y garder, la gloire des troubadours et celle des félibres.

FIN

OUVRAGES A CONSULTER :

RAYNOUARD, *Choix des poésies originales des Troubadours*, 6 vol. (Paris, Didot, 1817.)

FAURIEL, *Histoire de la poésie provençale*, 4 vol. (Paris, Labitte, 1846.)

Les Vies des Troubadours. (Toulouse, Bompard, 1866.)

HENRI MARTIN, *Histoire de France*.

FRÉDÉRIC DIEZ, *La Poésie des Troubadours*, trad. par F. de Roisin. (Paris, Labitte, 1845.)

MARY LAFON, *Tableau historique et littéraire de la langue romano-provençale*. (Paris, Maffre-Capin, 1842.)

VILLEMAIN, *Cours de littérature française au moyen âge*. (Paris, Didier, 1882.)

CLÉDAT, *Du rôle historique de Bertrand de Born*. (Paris, Thorin, 1878.)

L'ABBÉ A. BAYLE, *La Poésie provençale au moyen âge*. (Aix, Makaire, 1876.)

LOUIS DE LAINCEL, *Des Troubadours aux Félibres*. Études sur la poésie provençale. (Aix Makaire, 1862.)

ROUCHON-GUIGUES, *Résumé de l'histoire de Provence*. (Aix, Makaire, 1863.)

J. MICHELET, *Notre France*. (Paris, Marpon et Flammarion, 1886.)

CH. AUBERTIN, *Origines et formation de la langue et de la métrique françaises*. (Paris, Belin, 1882.)

A: BRACHET, *Grammaire historique de la langue française*. (Paris, Hetzel.)

Sur la littérature provençale et sur Fauriel. (Article de H. Fortoul, dans la *Revue des Deux-Mondes*, 1846.)

Œuvres de P. Goudelin. Édition du Dr Noulet. (Toulouse, Privat, 1887.)

Diouloufet, *Fables et poésies provençales*. (Aix, Gaudibert, 1829.)

Chants populaires de la Provence, recueillis par D. Arbaud, 2 vol. (Aix, Makaire, 1862 et 1864.)

A. Fabre, *Louis Bellaud de la Bellaudière*. (Marseille, Boy, 1861.)

Œuvres complètes de Pierre Bellot, 4 vol. (Marseille, Feissat et Demouchy, 1841.)

Œuvres complètes de T. Gros. (Marseille, Arnaud et Gueydon, 1841.)

H. Morel, *Le Galoubet*. (Avignon, Roumanille, 1862.)

Œuvres complètes de Victor Gélu. (Paris, Charpentier, 1886.)

Les Papillotes de Jasmin $\left\{ \begin{array}{l} 1825\text{-}1843 \\ 1843\text{-}1852 \end{array} \right\}$ 3 vol. Noubel, Agen.

L. Rabain, *Jasmin, sa Vie et ses Œuvres*. (Paris, Didot, 1867.)

Sur Jasmin. $\left\{ \begin{array}{l} \text{Sainte-Beuve, } Portraits\ contemporains,\ \text{III. (Paris, Lévy.)} \\ \quad\quad \text{Id.} \quad\quad Causeries\ du\ Lundi,\ \text{IV. (Paris, Garnier.)} \\ Revue\ des\ Deux\text{-}Mondes.\ (\text{15 janvier 1842.) L. de Lavergne.} \\ \quad\quad \text{Id.} \quad\quad\quad (\text{1}^{er}\ \text{juillet 1851.) Ch. de Mazade.} \end{array} \right.$

Saint-René Taillandier, Études littéraires. (*Renaissance de la poésie provençale*, page 201 à 300. Paris, Plon, 1881.)

Du même auteur, *Revue des Deux-Mondes*. (15 oct. 1859.)

Eug. Tavernier, *La Renaissance provençale et Roumanille*. (Paris, Gervais, 1884, 27 pages.)

La Revue félibréenne, dirigée par P. Mariéton. (Paris.)

Almanach provençal. (Avignon, Roumanille.)

Roumanille, *Lis Oubrettos*. (Petites œuvres en prose et en vers.) (Avignon, Roumanille.)

Roumanille, *Les Contes provençaux*. (Avignon, Roumanille.)

Th. Aubanel, *La Grenade entr'ouverte*. (Avignon, Roumanille.)

A. Matthieu, *La Farandole*. (Id.)

Félix Gras, *Tolosa*, geste en XII chants. (Paris, Fischbacher, 1882.)

Fr. Mistral, *Mireille*. (Paris, Charpentier.)

Id. *Calendal*. (Avignon, Roumanille.)

Id. *Les Iles d'Or*. (Id.)

Id. *Nerte*. (Paris, Hachette, 1884.)

TABLE DES MATIÈRES

Avant-propos.   5

Introduction historique.   9

PREMIÈRE PARTIE

LES TROUBADOURS

I. La langue et la civilisation provençales   21

II. La poésie des Troubadours.   31

III. Les principaux Troubadours.   35

IV. Les principaux genres.   47

§ 1. Les romans.   47

§ 2. La poésie lyrique.   55

§ 3. Poèmes historiques.   73

IV. Chute de la poésie provençale.   78

DEUXIÈME PARTIE

PÉRIODE DE TRANSITION

§ 1. Les jeux floraux à Toulouse.   83

§ 2. Goudelin.   84

§ 3. La Bellaudière. 86

§ 4. Gros. 90

§ 5. Diouloufet. 90

§ 6. Pierre Bellot. 92

§ 7. Brueys, Saboly et Fabre. 94

§ 8. Hyacinthe Morel. 95

§ 9. Victor Gélu. 98

§ 10. Poésies populaires et anonymes. 102

§ 11. Jasmin. 107

TROISIÈME PARTIE

LES FÉLIBRES

I. Renaissance de la poésie provençale. 128

II. Les principaux félibres. 138

§ 1. Roumanille. 138

§ 2. Aubanel. 144

§ 3. Anselme Mathieu 149

§ 4. Félix Gras. 152

§ 5. Frédéric Mistral. 155

III. Du patois dans les écoles. 187

CONCLUSION 195

OUVRAGES A CONSULTER. 197

Sceaux. — Imp. Charaire et fils.